www.ingramcontent.com/pod-product-compliance
Lightning Source LLC
Chambersburg PA
CBHW070507200726
48293CB00007B/2424

محمد رضا ریاضی

سینما

محمد رضا ریاضی

سریال کتاب: P ۲۲۴۵۲۶۰۱۰۹

عنوان : سیشما

پدید آورنده: محمد رضا ریاضی

شابک کانادا: **ISBN** ۹۷۸-۱-۹۹۰۷۶۰-۴۶-۴

موضوع: داستان تاریخی، تخیلی

متا دیتا: Fantasy/Imaginary/Historical/Fiction

مشخصات کتاب: Paperback/ سایز رقعی

تعداد صفحات: ۱۸۰

طراح جلد: محبوبه لعل پور

عکاس تصویر پشت جلد: اسدالله منعمی

صفحه آرایی: KPH Design Group

تاریخ نشر در کانادا: اکتبر ۲۰۲۲

K.P.H International Group

Publishing House
ونکوور، کانادا

تلفن: ۸۶۵٤ ۶۳۳ (۸۳۳) ۱+

واتس آپ: ۷۲٤۸ ۳۳۳ (۲۳۶) ۱+

ایمیل: info@kidsocado.com

وبسایت انتشارات: https://kidsocadopublishinghouse.com

وبسایت فروشگاه: https://kphclub.com

سلام هم زبان

دستیابی ایرانیان مقیم خارج از کشور به کتاب‌های بسیار متنوع و جدیدی که به تازگی در ایران نگاشته و چاپ می‌شوند، محدود است. ما قصد داریم این خدمت را به فارسی زبانان دنیا هدیه دهیم تا آنها بتوانند مانند شما با یک کلیک کتاب‌هایی در زمینه های مختلف را خریداری کنند و درب منزل تحویل بگیرند.

گروه KPH و یا خانه انتشارات کیدزوکادو تحت حمایت گروه کیدزوکادو این افتخار را دارد تا برای اولین بار کتاب‌های با ارزش تألیفی فارسی را در اختیار ایرانیان مقیم خارج از ایران قرار دهد.

از اینکه توانستیم کتابهای جدید و با ارزشی که به قلم عالی نویسندگان و نخبگان خوب ایرانی نگاشته شده است را در اختیار شما قرار دهیم و در هر چه بیشتر معرفی کردن ایران و ایرانیان و فارسی زبانان قدم برداریم، بسیار احساس رضایتمندی داریم.

این کتاب‌ها تحت اجازه مستقیم نویسنده و یا انتشارات کتاب صورت گرفته و سود حاصله بعد از کسر هزینه‌ها، به نویسنده پرداخته می شود.

خانه انتشارات کیدزوکادو در قبال مطالب داخل کتاب هیچگونه مسئولیتی ندارد و صرفاً به عنوان یک انتشار دهنده می‌باشد. شما خواننده عزیز، می‌توانید ما را با گذاشتن نظرات در وبسایتی که کتاب را تهیه کرده‌اید به این کار فرهنگی دلگرمتر کنید. از کامنتی که در برگیرنده نظرتان نسبت به کتاب است عکس بگیرید و برای ما به این ایمیل بفرستید و از انتشارات یک کتاب دیگر بعنوان هدیه برای شما ارسال می‌شود.

ایمیل :   info@kidsocado.com

تقدیم به، همسر مهربانم

زهره حیدری،

دختران عزیزتر از جانم

سعیده (مینا) و سپیده (مبینا)

که انگیزه اصلی پدید آمدن این اثر بودند

لازم به ذکر است که تمامی وقایعِ تاریخی که در ضمنِ داستان بیان شده، برگرفته از تحقیق در فضای مجازی و خصوصاً ویکی‌پدیای فارسی است و در پاره‌ای از نقاطِ مبهم، با گمانه زنی نویسنده و نقلِ قول‌های عامینه‌ی ساکنین کنونی فیروزآباد، همراه شده است؛ بنابراین هیچ ادعایی در خصوص رد یا پذیرش مطالب تاریخی ندارم.

پی ۳۰۰[1] وقتی چشمانش را باز کرد، خودش را روی تپّه‌ی بزرگی دید که از دو سمتش امتداد دارد و به نرمی به یک سمت کشیده شده‌اند، با دقّت بیشتر که نگاه کرد تپّه جایی دورتر دوباره به هم می‌رسد و یک گِردیِ بزرگ از خاک سر درآورده است، در میان بلندی‌ها و پستی‌ها که پوشیده از گیاهان یک دست است قسمت‌هایی متفاوت و بدون گیاه است و یک حجم خاکی بلند که درست در میانه‌ی این گِردی، شبیه به یک تنه‌ی درختِ بلند و بدون سر، قد کشیده است، به پشت سرش نگاه می‌کند، چشم‌اندازی پوشیده از گیاه است که به صورتی نامنظم به شکل‌های مختلف تقسیم شده است، کمی آن سوتر خطه‌ای سیاه که رویشان چیزی در حرکت است و بعد از آن زمینی که به سمتِ آسمان کشیده شده است، در یک سمتش کمی دورتر از جایی که ایستاده حجم‌های مختلفی در گستره‌ای نسبتاً بزرگ به چشم می‌خورد، هیچ چیز از پیرامونش را نمی‌شناخت. پی ۳۰۰ از برگ سیشما[2] می‌پرسد. پی ۳۰۰:

- برگ مهربان، من کجا هستم؟ این‌جا که انسانی دیده نمی‌شود.

برگ سیشما گفت:

- تا جایی که می‌دانم زیر پایت دروازه‌ی هُرمز از شهرِ گور است.

- اینجا، تنها گیاهانی هستند که هیچ شباهتی به درختِ سیشما یا درختچه‌های ساویچ[1] خودمان ندارند، با همین تپّه‌ای که روی آن ایستاده‌ام؛ چیز دیگری نیست.

- اطّلاعاتِ من مربوط به سال‌ها پیش است، اصلاً چه بهتر که کسی نیست، همین‌طور که ایستاده‌ای باید به طرف راست بروی، مرا نگاه کن؛ از این به بعد به جای حرف زدن، تنها به من نگاه کن، با این علامت به تو خواهم گفت برای پیدا کردن سنگِ او-را-نیم، به کدام طرف بروی، بهتر است پیش انسان‌ها هم با من حرف نزنی.

پی۳۰۰ پرسید:

- چرا؟

برگ سیشما پاسخ داد:

- برای هر دوی ما خطرناک است.

پی۳۰۰ حرفِ برگ را پذیرفت و به سمتی که نشانش می‌داد حرکت کرد، کمی بعد صدایی شنید، نگاه که کرد چیزی دید که حرکت می‌کند، موجودی شبیه به خودش روی آن نشسته و خاک زمین را زیر و رو می‌کند، از برگ پرسید:

- این دیگر چیست؟

و برگ سیشما پاسخ داد:

- آن که زمین را زیر و رو می‌کند گاوآهن است و ...... آن که زمین را زیر و رو می‌کند گاوآهن است و آن که حرکت می‌کند ارابه است، شاید هم انسان‌ها وسیله‌ی جدیدی ساخته‌اند، قبلاً که گفته بودم انسان‌ها وسیله‌سازان توانمندی هستند.

لحظاتی بعد برگ سیشما گفت:

- به این صورت کارمان به گرفتاری خواهد انجامید، جایی روی گیاهانِ کوتاه به پشت دراز بکش و مرا بر پیشانی‌ات بگذار و تا زمانی که چیزی نگفته‌ام

سکوت کن، پی۳۰۰ بلافاصله چنین کرد، برگ سیشما پس از دقایقی گفت: اکنون برخیز ، هرچه می‌دانستم را به تو منتقل کردم، من و دانه‌ی قرمز را در جایی پنهان کن تا کسی ما را نبیند، به یاد داشته باش که هرگز هیچ چیزی نخوری وگرنه به نفرینِ ایر[1] دچار خواهی شد، هنگامی که مأموریتت تمام شد به سراغمان بیا تا با هم به سوچ[2] بازگردیم، از این به بعد هر سؤالی که داشتی کافی است دست را روی پیشانی‌ات بگذاری و لحظه‌ای سکوت کنی جوابش را خواهی فهمید.

پی۳۰۰ برگ سیشما را در جایی پنهان کرد و نشانه‌ای برای دوباره یافتنش گذاشت و به حرکت ادامه داد، لحظاتی بعد صدایی به گوشش رسید که گویا چیزی یا کسی به آرامی به سمتش می‌آمد، موجودی با دندان‌های تیز که صدا می‌کرد و چیزی پشت سرش تکان می‌خورد، کمی ترسید بلافاصله دست بر پیشانی گذاشت و لحظه‌ای سکوت، لبخندی زد و با خود گفت چه جالب جانوری بی خطر به نامِ سگ که با تکّه‌ای نان یا استخوانی راضی است، دم تکان می‌دهد، واق واق می‌کند و این گونه از انسان‌ها پاسبانی می‌کند، لحظاتی بعد در مسیرش با مرغ ها، جوجه‌ها، خروس‌ها، خرها، گاوها، اسب‌ها و حیوانات خانگی دیگر آشنا شد، گاهی چون کودکان صدایشان را تقلید کرد و بیش از همه از پاسخِ بوقلمون ها لذت برد.

صدای ناله‌ای از پُشتِ سرش می‌آمد که هر لحظه بلندتر و نزدیک‌تر می‌شد، ایستاد و با ترس و تردید پشت سرش را نگاه کرد، چیزی دید که دو تَن، روی آن نشسته‌اند و از دور به سمتش می‌آمد؛ بلافاصله دست بر پیشانی و سکوت، پاسخی بهتر از ارابه‌ای جدید نیافت، تصمیم گرفت در مقابل وسیله‌های ناشناخته با پرسشی هوشمندانه نامش را بفهمد، اما چه باید می‌پرسید؟ به این نتیجه رسید که خودش را به فراموشی بزند، صدا به نزدیکی‌اش که رسید دو نفری که رویش نشسته بودند به ترتیب دست بلند کردند و او هم چنین کرد، کمی جلوتر ارابه‌ی جدید ایستاد، نفری که عقب نشسته بود به سمتش چرخید و پرسید:

---

[1] Ir

[2] Souch

- با این سر و وضع این‌جا چه کار می‌کنی؟ بدون این‌که منتظر پاسخش باشد
ادامه داد: فیلم‌برداری داشته‌ای و گم شده‌ای؟ حیف که موتورمان بیشتر از
دو نفر زورش نمی‌رسد وگرنه تو را تا آبادی می‌بردیم، گرچه راهی هم نمانده،
سپس دستی دستی تکان داد، ارابه ناله‌ای کرد و کم‌کم دور شدند.

پی ۳۰۰ تا لحظاتی خیره به رفتنشان نگریست و خاکی که پشت سرشان بلند شده
بود با ذهنش بازی کرد؛ کمی بعد روی سنگی نشست، دست زیر چانه‌اش گذاشت و
به فکر فرو رفت، از همین برخورد کوتاه با دو انسان دریافته بود که ظاهرش با دیگران
متفاوت است و در دنیایی ناشناخته فرود آمده است، ترس از ناشناخته‌ها، فکر خوردنِ
دانه‌ی قرمز و بازگشتن به سیّاره‌ی سوچ را به ذهنش رساند؛ ولی خیلی زود پشیمان
شد، بیش از همه چیز، ناتوانی در نجات سیّاره‌ی سوچ و سرافکندگی در مقابل دیگران
پشیمانش می‌کرد، تصمیم گرفت با تمام توانش در مقابلِ ترسی که در وجودش خانه
کرده بود بایستد و مأموریتش را به پایان برساند، در اولین فرصت باید سر و وضع خود
را به شکل دیگران تغییر دهد، اما چگونه؟ لختی درنگ کرد و پس از گفتن ایر به
فریادم برس، بلند شد و در حالِ رفتن به سمتِ آبادی افکارش را بر زبان جاری ساخت
"با یاری ایر راهی شایسته خواهم جست، بهتر است خود را به فراموشی بزنم، راهی
خواهم جست، آری راهی شایسته خواهم جست."

به محض رسیدن به آبادی، نگاه‌های سنگین دیگران را حس می‌کرد، طولی نکشید
که پیرامونش شلوغ شد و هرکس سؤالی داشت.

- تو کیستی؟
این‌جا چه می‌کنی؟ گم شده‌ای؟
فیلمبرداری داشته‌اید؟
این لباس مربوط به چه دوره‌ی تاریخی است؟
من می‌دانم، در "سر به داران" دیده‌ام، مربوط به دوره‌ی مغولان است،
درست گفتم؟

همین طور بی وقفه می‌پرسیدند و بعضی هم حدس خود را به صورت جواب به دیگران می‌گفتند.

پی۳۰۰ بهترین راهکارش سکوت بود و سکوت، گاهی هم به نشانه‌ی تأیید سری تکان می‌داد؛ در دلش ایر را به یاری می‌خواست، کم‌کم به اوجِ سردرگمی و ناتوانی می‌رسید، صدایی آمد که دیگران را از اطرافش متفرّق می‌کرد، طنین صدا دلش را آرام کرد، صدا نزدیک‌تر شد، قیافه‌اش شبیه به پی۳۰۱ بود، چیزی نمانده بود که در آغوشش بگیرد و بلند بگوید پی۳۰۱ نجاتم دادی ولی لحظه‌ای به خود آمد و سکوت کرد، او گفت:

- مهمان حبیب خداست، بیا به خانه برویم و استراحت کن.

پی۳۰۰ لبخندی زد و سری به نشانه‌ی تشکّر تکان داد و بی اختیار به دنبالش رفت، او پس از باز کردن چیزی که تا کنون ندیده بود از دیواری گذشت و گفت:

- بفرمایید کسی خانه نیست راحت باشید؛ ما مردها با تنهایی راحت‌تریم.

پی۳۰۰ به دنبالش از دیوار گذشت و در مقابل خود درختانی دید، گوشه‌ای روی تختی شبیه به تخت پی۳۶۵ نشست، مرد پس از بستن آن چیز به سمتش آمد و گفت:

- درب حیاط را هم بستم تا کسی مزاحمت نشود، این‌جا که خوب نیست بفرما داخل اتاق.

- خیلی هم خوب است، داخل اتاق نمی‌آیم همین جا همین جا لختی استراحت می‌کنم.

- هر طور راحتی، الان خدمت می‌رسم، سپس به سمت اتاق رفت.

پی۳۰۰ با خودش گفت:

"پس نامش درب حیاط است، سپس با دیدن درختان حیاط دستی بر پیشانی گذاشت و لحظه‌ای سکوت، بعد هم با اشاره‌ی دست شروع به نامیدن کرد: نارنگی، نارنگی، پرتقال، پرتقال، لیموشیرین، نارنج"

طولی نکشید که مرد با چیزی که در دستش بود از راه رسید و گفت:

- بفرمایید؛ چایِ تازه دم آورده‌ام، فرد و اعلا.

- پی۳۰۰ دستش را به نشانه‌ی نخواستن حرکت داد و گفت:

- من چیزی نمی‌خورم.

مرد گفت:

- قابل نمی‌دانی؟ نمک ندارد.

- نه من اصلاً چیزی نمی‌خورم، می‌خواست بگوید اگر چیزی بخورم به نفرینِ
ایر دچار خواهم شد ولی سکوت اختیار کرد.

- حالا که ماه رمضان نیست، نکند روزه داری؟

پی۳۰۰ دستی بر پیشانی گذاشت و لحظه‌ای سکوت و سپس گفت:

- آری روزه دارم.

- چه حیف، خوب می‌خواهی دوش بگیری؟

- نه ممنونم.

- کاری؟ کمکی از دستم برمی‌آید؟

پی۳۰۰ کمی اندیشید و بعد با انگشت لباسش را به حرکت درآورد.

مرد لبخندی زد و گفت:

- لباس که قابلی ندارد، بیا داخل هر کدام را که خواستی انتخاب کن.

- گفتم که داخل نمی‌آیم همین‌جا راحت‌ترم.

مرد با لبی خندان برخاست و گفت:

- هر جور راحتی، الان برایت چند دست لباس می‌آورم، هر کدام را خواستی
بردار و به سمت داخل رفت و لحظاتی بعد با لباس های مختلف و کفشی
بازگشت.

پی۳۰۰ لباس‌ها را برانداز کرد و یک دست انتخاب کرد.

مرد گفت :

- همین خیلی خوب است به قیافه‌ات هم می‌آید، بیا داخل عوض کن.

پی ۳۰۰:

- نه، اگر اجازه بدهی همین جا، پشت همین درخت پرتقال عوض می‌کنم سپس بلافاصله برخاست.

مرد با تعجّب نگاهی به پی ۳۰۰ کرد و گفت:

- هرجور راحتی.

همین طور که پی ۳۰۰ در حال عوض کردن لباس‌های خود بود، مرد پرسید:

- نگفتی قصّه‌ی فیلمبرداری درباره‌ی چیست؟

پی ۳۰۰ دستی بر پیشانی گذاشت و پاسخ داد:

- قصّه‌ی مردی است که از سال‌ها پیش آمده و اکنون به دنبال سنگِ او-را- نیم است که سال‌ها پیش در گودالی پنهان کرده است.

- منظورت سنگِ اورانیوم است؟

پی ۳۰۰ دستی بر پیشانی گذاشت و پاسخ داد:

- آری

پی ۳۰۰ پس‌از تعویضِ لباس، لباس‌های قبلی خود را مرتّب پیچید، به سمتِ مرد رفت و آن‌ها را به او سپرد و گفت:

- محبّت را در حقِّ من به اتمام رساندی، محبّتت همواره افزون باد، اینک این‌جامه‌ها را به رسمِ امانت از من بپذیر، به زودی بازخواهم گشت و به نحوی این محبّت را جبران خواهم کرد، تا دیداری دیگر بدرود، سپس به سمتِ دربِ حیاط رفت و پس‌از اندکی وَر رفتن با قفلِ درب، موفق به باز کردنش شد و به سمتِ بیرون رفت.

مرد، که در بهتی عمیق نظاره‌گرِ گفتار و رفتارِ عجیب پی ۳۰۰ بود، به آرامی دستی بلند کرد و با صدایی کوتاه گفت:

- بدرود

پی۳۰۰ پس از خروج به مسیرش ادامه داد، ناشناخته‌های محیط پیرامونش آن‌قدر زیاد بود که بارها دستش را به پیشانی رساند و بارها به خوبی نفهمید و این‌ها از درون آزارش می‌داد ولی همین که سنگینی نگاه انسان‌های اطرافش کم‌تر شده بود راضی‌اش می‌کرد، آن‌قدر از میان راه خاکی و بعد روی راهی سیاه رنگ رفت و با حیرت اطراف را نگریست تا بالاخره در آستانه‌ی درب حیاطی متوقّف شد، کمی درب را هُل داد، بسته بود، دستی بر پیشانی گذاشت و لحظه‌ای سکوت، به دنبالِ چیزی روی درب می‌گشت تا آن را بکوبد، چیزی نیافت، اطراف را نگریست و سنگی برداشت و روی درب کوبید، پس از لختی دوباره بر درب کوبید، چهار ستاره‌ی کوچک در کنارِ درب، روشن شد و صدایی به گوش پی۳۰۰ رسید:

-    با چه کسی کار دارید؟

پی۳۰۰ با ترس و حیرت ابتدا ستاره‌های کوچک را نگریست و بعد به اطراف نگاه کرد. دوباره صدا گفت:

-    مشکلی با خودت داری؟ گفتم با چه کسی کار دارید؟

پی۳۰۰ نگاهی دوباره به ستاره‌های کوچک کرد و با تردید و صدایی لرزان گفت:

-    اورانیوم

-    بله؟ کی؟

-    اورانیوم.

-    برو آقا، خدا روزیت را جای دیگر بدهد.

لحظاتی بعد ستاره‌های کوچک، خاموش شدند.

پی۳۰۰ بارها بر درب کوبید و با صدایی که از کنار ستاره‌های کوچک می‌آمد به صحبت پرداخت ولی به مقصودش که گرفتنِ سنگِ اورانیوم بود نرسید.

چند ساعت به همین منوال گذشت پی۳۰۰ با حالتِ مظلومانه‌ای که از ناتوانی نَشأت می‌گرفت بر درب تکیه داده بود که کسی شبیه به زی‌های نوجوانِ سیّاره‌اش در حالی‌که چیزی روی پشتش بسته بود نزدیک شد.

او پرسید:

- ببخشید با کسی کاری دارید؟

پی‌۳۰۰:

- با اورانیوم

- با کی؟

پی‌۳۰۰:

- گفتم که با اورانیوم

- این‌جا آدمی یا چیزی به این اسم نداریم.

پی‌۳۰۰:

- ببینم درست فهمیدم، تو هم توی این غار زندگی می‌کنی؟

او می‌خندد و می‌گوید:

- آدم‌ها خیلی وقت است که دیگر درونِ غار زندگی نمی‌کنند، به نظر می‌آید، آدمِ شوخ طبعی باشی ولی به هرحال این غاری که می‌گویی خانه‌ی من و مامانم هست.

پی‌۳۰۰:

- من که آدم نیستم بخواهم شوخی کنم، پس شما به غارِ خود خانه می‌گویید؟ مامان یعنی چی؟

او می‌خندد و می‌گوید:

- یعنی تو معنی مامان را نمی‌دانی؟

می‌خندد و ادامه می‌دهد:

- اُم . آنا . آن نِه . نَنِه . مادر . فهمیدی؟

پی ۳۰۰:

- لختی تأمّل کن، دست بر پیشانی و سکوت، فهمیدم، آدم‌ها به موجودی که کودکی را به دنیا می‌آورد مادر می‌گویند، چه جالب یعنی آدم‌ها با خاکسترِ مادرشان زندگی می‌کنند؟
- چه چیزی برای خودت می‌گویی، ما که بودایی نیستیم . اصلاً مامانم که دور از جانش نمرده است.

پی ۳۰۰:

- چه جالب یعنی مادرت زنده هست؟ یعنی نفس می‌کشد؟ یعنی او را می‌بینی؟
- چرا که نه؟ تازه، روزی چند بار هم بوسم می‌کند. قبل از مدرسه. بعد از مدرسه. قبل از خواب. بعد از خواب.
- بوس؟
- یعنی این را هم نمی‌دانی؟ بوسه مگر چیست؟ فشار دو لب، ببین به این می‌گویند بوس.

سپس ادای بوسیدن را در می‌آورد.

پی ۳۰۰:

- خوب که چی بشود؟
- وقتی یک نفر بوست می‌کند، حال دلت خوب می‌شود.

پی ۳۰۰:

- یعنی اگر من را بوس کنی حالم خوب می‌شود؟ آخر دلم برای سوچ تنگ شده است.
- من که نمی‌توانم بوست کنم. باید دوستت داشته باشم. باید عاشقت باشم. اصلاً وقتی که سوچ را دیدی به او بگو بوست کند.

پی ۳۰۰:

- سوچ که لب ندارد . اصلاً بگو، چه کار کنم که عاشقم باشی؟
- وقتش که برسد بالاخره یک نفر عاشقت می‌شود.

پی ۳۰۰:

- وقتش کی می‌رسد؟
- نمی‌دانم، دو سال، پنج سال، ده سال.

پی ۳۰۰:

- من که دو سال دیگر، این‌جا نیستم، شاید هم بچّه باشم.
- برای خودت چه می‌گویی، چرا بچّه باشی؟ اصلاً ببینم مثل این‌که خیلی عجیبی. اصلاً تو چه کسی هستی؟ این‌جا چه کار می‌کنی؟

پی ۳۰۰:

- اسم من پی ۳۰۰ هست و بعد از ۷۳۰ روز، یعنی یک سال شروع به سوختن می‌کنم و به نور تبدیل می‌شوم؛ مثل ۷۲۹ پیِ دیگر که شب، نور شدند و من زنده ماندم؛ صبح که شد خاکسترم یک پی ۳۰۰ جدید می‌شود، آن‌وقت دیگر بچّه هستم و کنار بزرگ‌ترها کار می‌کنم تا دوباره بزرگ بشوم.
- ۷۳۰ روز؟ یک سال؟

پی ۳۰۰:

- بله یک سال در سیّاره‌ی سوچِ منظومه‌ی ایر از کهکشانِ آن[1] ۷۳۰ روز است.
- ایر؟ آن؟
- آن که گفتم کهکشان ما هست، ایر هم اسم ستاره‌ی ما هست خیلی دوستش داریم و صبح‌ها وقتی از غار بیرون می‌آییم ده بار روی سینه دراز می‌کشیم و دوباره بلند می‌شویم. آخر او هم خیلی دوستمان دارد.
- از کجا فهمیدید؟

پی ۳۰۰:

- آخر هر روز می‌آید و به ما زندگی می‌دهد، درخت سیشما هم می‌گوید، همه‌ی ما پی‌ها و زی‌ها را ایر ساخته است.

---

[1] An

- داری چه می‌گویی؟ پی‌ها و زی‌ها دیگر چه کسی هستند؟

پی ۳۰۰:

- پی‌ها همگی شبیه به من هستند و زی‌ها هم شبیه به شما، البته کمی بزرگ‌تر از شما، که در نیمه‌ی چپِ سیّاره‌ی سوچ زندگی می‌کنند.
- خوب مثل آدم بگو مردها و زن‌ها.

پی ۳۰۰:

- چه‌قدر می‌گویی؟ گفتم که من آدم نیستم.
- یعنی می‌گویی آن جایی که از آن آمده‌ای، پی‌ها و زی‌ها پیش هم نیستند؟
- البتّه که نه، اصلاً ما چه کارمان به یکدیگر، ما در نیمه‌ی راستیم، آن‌ها هم در نیمه‌ی چپ، وسطمان هم یک دیوار بلند است.
- یعنی شما نمی‌خواهید بچّه‌دار بشوید؟

پی ۳۰۰:

- چه قدر بگویم؟ بعد از ۷۳۰ روز یعنی یک سال می‌سوزیم و صبح بچّه می‌شویم و برایمان جشنِ مهرگان می‌گیرند، بعد از یک ماه یعنی ۶۰ روز، بزرگ می‌شویم، درست تا حالا ۳۸۴ بار پس از احترام به ایر برایم جشن گرفته‌اند.
- بی‌خیال، یعنی ۳۸۴ بار سوخته‌ای و بچّه شده‌ای؟ یعنی می‌خواهی بگویی از یک کهکشانِ دیگر آمده‌ای که مردها و زن‌ها هیچ کاری با هم ندارند؟ دوربین مخفی است؟ کجا جاسازی کردی؟

پی ۳۰۰:

- نمی‌دانم دوربین مخفی چیست، ولی وقتی که برای نجات سیّاره‌ی سوچ، داوطلبِ سفر به زمین شدم درختِ سیشما به من برگی داد تا جواب سوالاتم را بدهد، راهنمای سفرم باشد و بتوانم به زبانِ شما حرف بزنم.

او که کمی ترسیده است، انگشتِ دستش را روی چیزی، کنار جایی که ستاره‌های کوچک روشن می‌شد، فشار می‌دهد، صدایی می‌آید و بعد ستاره‌های کوچک روشن می‌شوند: مامان، مامان، بیا ببینم این چه می‌گوید؟

- نترس دخترم، بی آزار است، چند ساعت است به من خیلی چیزها گفته، از همه مهم‌تر، می‌گوید به دنبالِ سنگِ اورانیوم آمده که در خانه‌ی ما هست.

دختر:

- خوب می‌گفتی خودش بیاید داخل و بردارد.

مامان:

- آخر تنها بودم، زنگ زده‌ام به دایی فرهاد، کم‌کم پیدایش می‌شود.

پی ۳۰۰:

- پس او دختر است، زنگ؟ دایی؟

دختر:

- چرا داخل نمی‌آیی؟

پی ۳۰۰:

- اگر در غار خود، ببخشید خانه‌ی خود، آتش روشن کنید، داخل می‌آیم.

دختر:

- چرا؟

پی ۳۰۰:

- برای این‌که همه جا روشن بشود.

در همین حال کسی از راه می‌رسد.

دختر:

- سلام دایی.

دایی:

- سلام شیطان بلا، می‌بینم که تابستان هم مشغول علم آموزی هستی، از کانون چه خبر؟

دختر:

- هیچ چیز، مثلِ همیشه.

مادر می‌گوید:

- سلام برادر جان ! چه عجب ! بالاخره آمدی.

دایی:

- به خدا دستم گیر بود فریبای من، نکند این همان آدم عتیقه‌ای هست که می‌گفتی؟ مگر به پلیس زنگ نزدی؟

فریبا:

- دو سه ساعت است دیوانه‌ام کرده، زنگ زدم، هنوز که نیامده‌اند.

پی ۳۰۰:

- دایی؟ کانون؟ عتیقه؟ پلیس؟

دختر کلافه می‌گوید:

- چه قدر می‌پرسی، بیا داخل تا برایت بگویم.

پی ۳۰۰:

- نه نمی‌آییم، تاریک است.

دختر می‌خندد و می‌گوید:

- بزرگ شدی ولی هنوز از تاریکی می‌ترسی؟

پی ۳۰۰:

- دلیل ترسم را که گفتم؟ ما با نور زنده‌ایم.

دختر می‌خندد و می‌گوید:

- خوب پس نگران نباش؛ بفرما داخل؛ ما در غارِ خود ستاره‌های کوچکی داریم که همه جا را روشن می‌کند.

پی ۳۰۰:

- ستاره‌های کوچک؟

دختر:

- بیا داخل تا برایت توضیح بدهم.

دایی:

- این یارو چه می‌گوید؟ کجا بیاید داخل، آدم که هر کسی را در خانه‌ی خود راه نمی‌دهد.

پی ۳۰۰:

- یارو؟

دست بر پیشانی و سکوت:

- ناسزا؟

دایی:

- یارو که ناسزا نیست اگر لازم باشد، ناسزا که خوب است، همین جا هَشتَک پَشتَکت را یکی می‌کنم تا مزاحم کسی نشوی.

پی ۳۰۰:

- من که مزاحم نشدم.

دایی:

- پس این دو سه ساعت، چه غلطی می‌کردی؟

پی ۳۰۰ در حالی‌که حرف دایی را می‌شنید، ارابه‌ای دید که دو ستاره‌ی قرمزِ کوچک روی سرش روشن و خاموش می‌شد و در حالِ نزدیک شدن به آن‌ها بود.

لحظاتی بعد صدای همهمه به گوش می‌رسید.

- ببخشید این‌ها که همسایه‌ی خوبی بودند، مگر چه کار کرده‌اند؟

- آقا برو، مزاحم نشو.

- آقایان و خانم‌ها بفرمایید، لطفاً تجمّع نکنید

- خانم از چه چیزی فیلم می‌گیری؟ گوشی‌ات را خاموش کن؛ مگر نگفتم بروید؟ بروید وگرنه شما را هم بازداشت می‌کنیم.

پی ۳۰۰:

- من که کاری با آن‌ها نداشتم فقط آمده‌ام سنگِ اورانیوم را ببرم.

- قربان موضوع امنیّتی به نظر می‌رسد.

بی سیم:

- با رعایتِ تمامی مواردِ امنیّتی همگی را به مرکز منتقل کنید.

- اطاعت قربان.

فریبا:

- آخر این چه فوریّت‌های پلیسی است، ما خودمان برای شما زنگ زده‌ایم.

دختر:

- چه کارِ مادرم دارید؟

- این همه صدا نده جغجغه، خودت هم باید بیایی، زودتر سوار شو.

دایی:

- مردکه‌ی گاو، مگر خودت ناموس نداری؟ این چه نوع برخوردی است؟

- خفه شو، زودتر سوار شو، بگذار به زودی خودت متوجّه می‌شوی مردکه‌ی گاو کیست.

- همه جای خانه را چک کنید، شخص دیگری نباشد، بعد هم درِ خانه را پلمپ کنید.

لحظاتی بعد پی ۳۰۰، به اجبار، همراه با دیگران سوار بر ارابه بود و از آن جا دور می‌شد.

*****

بازپرس مرد:

- مشخصّات، اسم و فامیل؟

- پی‌۳۰۰.

- چی گفتی؟

- پی‌۳۰۰.

- فرزند؟

- پی‌۳۰۰.

- مثل این‌که هنوز متوجّه نشده‌ای این‌جا کجاست، این‌جا همان جایی هست که خروس‌ها تخم می‌گذارند.

- خروس‌ها که تخم نمی‌گذارند.

- ولی این‌جا، جایی است که می‌گذارند.

***

بازپرس زن:

- مشخصّات، اسم و فامیل؟

- فریبا حیدری.

- فرزند؟

- قاسم، اصلاً من این‌جا چه کار دارم؟ دخترم کجاست؟

***

بازپرس مرد:

- مشخصّات، اسم و فامیل؟

- فرهاد حیدری.

- فرزند؟

- قاسم.

****

بازپرس زن:

- مشخصّات، اسم و فامیل؟

- با گریه و ترس ـ مبینا

بازپرس زن:

- فکر می‌کنی این‌جا مهد کودک است؟ درست خودت را معرفی کن.

مبینا با گریه و ترس:

- مبینا ریاضی.

- فرزند؟

با گریه و ترس

- رضا، محمدرضا.

***

پی۳۰۰:

- آن مرغ است که تخم می‌گذارد.

بازپرس:

- راستش را بگو، برای کدام سرویسِ جاسوسی کار می‌کنی؟

پی۳۰۰:

- سرویسِ جاسوسی؟ کار؟ نمی‌دانم این‌ها که می‌گویی چیست؟

- جاسوسِ کدام کشور هستی؟

پی۳۰۰:

- جاسوس؟ کشور؟

- ــ چرا خودت را به بلاهت زده‌ای؟ فکر می‌کنی با این سناریو نجات پیدا می‌کنی؟

پی۳۰۰:

- سناریو؟ آه ایر به فریادم برس، این‌ها چه می‌گویند؟ مرا با چه کسی اشتباه گرفته‌اند؟
- این شد حرف حساب، ایر کیست؟ کجا مخفی شده؟ راه ارتباطی که با او داری چیست؟ رمزتان چیست؟

پی۳۰۰:

- راه ارتباطی؟ رمز؟ این‌ها که می‌گویی چیست؟

بازپرس با خنده:

- ارائه‌ی این حجم از بلاهت نوبر است، بس کن دیگر، از کجا آمده‌ای؟

***

بازپرس زن:

- بگو ببینم ایر کیست؟

مبینا با گریه:

- آن آقا گفت ایر اسمِ منظومه‌ای هست که از آن آمده است
- آن آقا چه کسی بود؟

مبینا:

- ۳۰۰ داشت، فهمیدم؛ اجازه؛ پی۳۰۰.

***

بازپرس زن:

- یعنی این مزخرفات را خودت باور می‌کنی.

فریبا:

- چه بگویم؟ من هم هرچه را شنیدم گفتم.
- مثل این‌که هنوز متوجّه نشده‌ای در چه پرونده‌ی سنگینِ جاسوسی نقش داشته‌ای؟

فریبا خیره به بازپرس می‌نگرد و در سکوت اشک از چشمانش جاری می‌شود

***

فرهاد:

- بله شنیده ام می‌گویند این‌جا تخم می‌گذارد.
- پس حاشیه نرو، هر چه را می‌دانی، بگو.

فرهاد:

- به چه زبانی بگویم، من فقط چند دقیقه قبل از شما این یارو را دیده‌ام.

***

پی۳۰۰:

- سیّاره‌ی سوچ منظومه‌ی ایر از کهکشانِ آن، با یک دیوار بلند به دو قسمت تقسیم شده که شرایطِ یکسانی دارند تنها فرقشان ساکنان آن است، در هر نیمه ۷۳۰ نفر وجود دارد که غذایشان نور و هوا است . شب‌ها به تنها غارِ بزرگِ خود می‌روند تا از باران در امان باشند؛ هر شب که ۲۴ ساعت طول می‌کشد، نوبتِ سوختنِ یک نفر است که آرام، بی صدا و بدون دود می‌سوزد و به نور تبدیل می‌شود تا دیگران زنده بمانند و صبح خاکسترش کودکی می‌شود که یک ماهه یعنی شصت روزه، بزرگ می‌شود و مثل دیگران زاده‌ی غار است و ۷۳۰ روز یعنی یک سال عمر می‌کند.

***

بازپرس زن:

- پی‌ها و زی‌ها چه کسانی هستند؟

مبینا:

- این جوری که می‌گفت، پی‌ها مرد و زی‌ها زن‌اند و یک دیوار بلند وسطشان است، او می‌گفت تا حالا ۳۸۴ بار سوخته و بچّه شده و دیگران برایش جشن گرفته‌اند.

***

پی۳۰۰:

- ما هر روز صبح که از غار بیرون می‌آییم به محضِ دیدنِ ایر، ده بار روی سینه دراز می‌کشیم و دوباره بلند می‌شویم و به ایر احترام می‌گذاریم، آخر سیشما به ما گفته که ما را ایر ساخته و همیشه کمکمان می‌کند، بعد هم برای پیِ تازه به دنیا آمده جشن می‌گیریم؛ بعد هم شروع می‌کنیم به خرد کردن و لِه کردنِ شاخه‌های ساویچ که روزهای قبل چیده بودیم و پایِ درختچه‌های ساویچ می‌ریزیم؛ بعد شاخه‌ها را هرس می‌کنیم، آخر هوای ما به وسیله‌ی آن‌ها تأمین می‌شود و باید مراقبشان باشیم.

***

بازپرس زن:

- سیشما چه کسی هست؟

فریبا:

- درباره‌اش به من چیزی نگفته، عجب گرفتاری شده‌ایم، چرا از خودش نمی‌پرسید؟

***

پی۳۰۰:

- اجداد ما گفته بودند که هیچ وقت نباید برگ سیشما را بخوریم که به یک بیماری لاعلاج مبتلا می‌شویم ولی پی۳۶۵ یک روز صبح، زودتر از دیگران به بهانه‌ی نفس تنگی از غار بیرون رفت و وقتی که درخت سیشما هنوز خواب بود برگی از درخت چید و خورد بعد هم احساس گرسنگی کرد و ساویچ خور شد و برای همه دردسر ساز، آخر، زورش خیلی زیاد شده بود و دیگر نیازی به نور نداشت، یک ریز ساویچ می‌خورد و همه جا مدفوع کرده بود؛ بوی گند کاریش تمام فضا را پوشانده بود از همه بدتر جلوی غار تختی از چوب‌های ساویچ ساخته بود و شب‌ها بدونِ برگِ تازه‌ی ساویچ هیچ کس

را به درونِ غار راه نمی‌داد و هر شب به تازه بالغ‌مان تجاوز می‌کرد و به نوبت چند نفر کارشان خدمت به او شده بود، این اواخر تصمیم گرفته بود دیوار بلند را خراب کند و مالک زی‌ها شود و حکمرانِ تمامِ سیّاره باشد، دیگر خسته شده بودیم، می‌فهمی چه می‌گویم؟ خسته.

❋❋❋

مبینا:

- چیزی درباره‌ی پی‌۳۶۵ نگفت، خسته شدم پس چه موقع می‌توانم مامانم رو ببینیم؟

❋❋❋

بازپرس مرد:

- یعنی می‌خواهی بگویی همگی با هم تصمیم گرفتید که یک نفر برگ سیشما را بخورد و به حساب پی‌۳۶۵ برسد؟ می‌خندد و ادامه می‌دهد: عجب!

پی‌۳۰۰:

- پی‌۳۱ گفت "بگذارید برگ را پی‌۷۳۰ بخورد که امشب نوبتِ سوختنش شده است و پس از پیروزی و سوختنش قضیّه به خیر و خوشی تمام می‌شود." این فکرِ تازه را همگی پسندیدیم و غروب به محضِ خوابیدنِ سیشما برگی چیدیم و پی‌۷۳۰ خورد، لحظاتی بعد همه فهمیدیم چه اشتباهی کرده‌ایم، حالا دیگر پی‌۷۳۰ قصدِ سوختن برای دیگران را نداشت، می‌خواست برگ‌های تازه‌ی ساویچ بخورد و آن اندازه قدرتمند شود که به جای پی‌۳۶۵ حکمرانِ پی‌های سوچ شود یا به آن طرف دیوار برود و حاکم زی‌ها شود.

❋❋❋

بازپرس مرد:
- سیشما را که حتماً می‌شناسی؟

فرهاد:

- سیشما دیگر کدام خری است؟ ای خدا به چه زبانی بگویم، مغازه‌ی قصّابی‌ام بودم که آبجی زنگ زد؛ گفت: یک آدمِ عتیقه آمده در می‌زند و می‌گوید از یک سیّاره‌ی دیگر آمده، بیا ببینم حرفِ حسابش چیست؟ چند تا مشتری را رواج دادم و رفتم، کمی طول کشید، هنوز چهار پنج دقیقه نشده بود رسیده بودم که مأموران شما رسیدند و الان هم در خدمتتان هستم، روحم هم از چیزی خبر ندارد.

***

پی‌۳۰۰:

- آن شب در غار، پی‌۷۲۹ سوخت، فردای آن شب وقتی درخت سیشما چشمانش را باز کرد، دید که همگی گرداگردش حلقه زده‌ایم ابتدا ترسید و شاخه‌هایش را سپر کرد ولی پی‌۷۲۸ فریاد زد: ما برای سرقت برگ نیامده‌ایم بلکه برای مشورت و کمک گرفتن آمده‌ایم؛ مشکلی بزرگ پیش آمده که امیدواریم شما علاجش را بدانید. شاخه‌های درخت به حالتِ عادی برگشت؛ لبخندی زد و پرسید: این مشکل مربوط به برگِ گم‌شده‌ی من نیست؟ نگاهی به خودش کرد و فریاد زد: آه ایر به فریادم برس و باد را روانه کن تا از او بپرسم آیا دیشب برگی از من برای شاهزاده‌ی سیّاره‌ای برده است؟ پی‌۷۲۸ جواب داد: نیازی به حضور باد نیست، ما برگ را برای پی‌۷۳۰ چیده‌ایم و سپس تمامِ قضایا را کامل برایش گفت.

***

بازپرس زن:

- پی‌۳۱، پی‌۷۲۸، پی‌۷۲۹، پی‌۷۳۰، این‌ها چه کسی هستند و شما با آن‌ها چگونه ارتباط برقرار می‌کنید؟

مبینا:

- ای خدا بس است دیگر، خسته شدم، من مامانم را می‌خواهم.

***

پی۳۰۰:

- سیثما آهی کشید و گفت: "ایر مرا ببخشد که بیهوده تلاش می‌کردم باد را
به سرقتِ شبانه مُتَّهم کنم به محضِ آمدنش از او معذرت خواهی می‌کنم."
باز هم آهی کشید و ادامه داد: "و اما یک نفر از شما باید به سفری طولانی
تا سیّاره‌ی زمین از منظومه‌ی خورشیدی در کهکشانِ راه‌شیری برود و از آن
جا ۶۰ قطره از عصاره‌ی اورانیوم بیاورد." پی۷۲۸ گفت: "ما که توان سفر
نداریم." سیثما پاسخ داد: "نگران نباشید به هر کس که داوطلب سفر شد،
دانه‌ای سبز برای رفتن و دانه‌ای قرمز برای بازگشت خواهم داد ولی باید
بداند، چند روز پس از بازگشت خود تا پایان عمر دچار فراموشی خواهد شد؛
رفت و برگشتِ این سفر با چشم بر هم زدنی صورت می‌گیرد؛ پس از رسیدن
به زمین؛ زمانی برای ماندن در آن جا می‌خواهد؛ پس لازم است سنِ داوطلب،
بین یک ماه تا شش ماه باشد."

***

مبینا:

- او گفت "وقتی برای نجاتِ سیّاره‌ی سوچ داوطلبِ سفر به زمین شدم درخت
سیثما به من برگی داد تا جواب سوالاتم را بدهد، راهنمای سفرم باشد و
بتوانم به زبانِ شما حرف بزنم."

***

پی۳۰۰:

- من گفتم، "ما بدون نور زنده نمی‌مانیم." سیثما پاسخ داد: "این دانه‌ها نور
رفت و برگشت تان را تأمین می‌کند و تا جایی که خبر دارم روزهای زمین با
ستاره‌ای به نامِ خورشید روشن است و انسان‌ها که ساکنان قدرتمند زمین
هستند آتش را برای تاریکی‌شان اختراع کرده‌اند که نور شب‌هایشان را
می‌سازد." من پرسیدم: "این چیزها را از کجا می‌دانی؟" سیثما پاسخ داد
"هزاران سال پیش وقتی که جدّت پی۳۰۰ بزرگ، ناجیِ سیّاره‌ی سوچ

بازگشت؛ پیش از فراموشی کامل، درباره‌ی زمین و انسان‌ها خاطراتِ زیادی گفت و بعد برای همیشه تا پایان عمر ساکت شد می‌بینی چه قدر جالب است،" من گفتم "یعنی جدّم ناجیِ سیّاره‌ی سوچ بوده است و من خبر نداشته‌ام." سیشما گفت: "این موضوع را تا نسل‌ها زبان به زبان منتقل می‌کردند تا جایی که اهمیّتِ کارش کم‌رنگ شد و از زبان‌ها افتاد."

❊❊❊

فریبا:

- هر چه شنیده بودم را گفتم، مگر شما دین و ایمان ندارید؟ من دخترم را می‌خواهم.

❊❊❊

پی ۳۰۰:

- سپس پی‌۷۲۸ از درخت خواست که درباره‌ی انسان‌ها بیشتر بگوید.سیشما پاسخ داد: انسان‌ها بدنی ضعیف دارند و فکری بزرگ، به کمک فکرشان وسایلی می‌سازند وقتی فکرشان خوب باشد نتیجه‌اش غذا و آسایش می‌شود؛ وقتی هم که فکرشان بد باشد نتیجه‌اش جنگ و کشتن پی‌۷۲۸ پرسید: جنگ؟ کشتن؟ سیشما گفت: من هم به درستی این دو را از میانِ حرف‌های پراکنده‌ی پی‌۳۰۰ بزرگ نفهمیدم، همین قدر فهمیدم که انسانی یا انسان‌هایی، جانِ دیگر موجودات یا انسان‌های دیگر را می‌گیرد تا بمیرند. پی‌۷۲۸ پرسید: یعنی انسان‌ها برای زنده ماندنِ دیگران نمی‌سوزند؟ سیشما گفت: نه این گونه که شما می‌دانید؛ بعضی‌ها جان‌شان را برای زندگی بخشیدن به دیگر انسان‌ها و یا حتّی درختان و موجوداتِ دیگرِ طبیعت می‌دهند. من پرسیدم: یعنی ممکن است جان ما را هم بگیرند؟ سیشما گفت: بیشترِ جنگ ها به دلیلِ زن است یا زمین یا قدرت و یا اثبات یک ایدئولوژی که نمی‌دانم چیست، شما که هیچ کدام را ندارید؛ بعید می‌دانم کشته شوید به هرحال گفتم که سفرتان طولانی و خطرناک است.

***

بازپرس زن:

- پی۳۱ کیست؟

مبینا:

- من چه می‌دانم کیست؟ از خودش بپرسید، خسته شدم.

***

پی۳۰۰:

- من از درخت پرسیدم، یعنی به هیچ انسانی امیدی نیست؟ سیشما گفت: انسان‌های فراوانی هستند که میهمان نوازند و یا برای صلح و آرامش در زمین تلاش می‌کنند. این برگِ سخنگو می‌تواند هم راهنمای یافتنِ سنگِ اورانیوم باشد و هم با نزدیک شدن به انسان‌هایی که فکرشان بد است هشدار می‌دهد. من پرسیدم: چگونه از سنگِ اورانیوم، عصاره می‌توان گرفت؟ سیشما گفت این برگ تمام سؤالات را پاسخ می‌دهد. من گفتم: اگر چنین است من هم این سفر را می‌پذیرم تا همانند جَدِّ بزرگم ناجیِ سیّاره‌ی سوچ باشم. همگی برایم دست زدند و در میانِ تشویق دیگران برگ و دانه‌ها را گرفتم، دانه‌ی سبز را خوردم و پس از لحظاتی برای نخستین‌بار در عمرم چشمانم بسته شد.

***

فرهاد:

- من چه می‌دانم این پی‌هایی که مثلِ تیرهای مسلسل به طرفم پرتاب می‌کنید چه کسانی هستند، گفتم که فقط چند دقیقه قبل از شما رسیده‌ام.

***

پی۳۰۰:

- وقتی چشم باز کردم روی تپّه‌ی بزرگی بودم، یک جایی روی چمن‌ها به پشت دراز کشیدم و برگ سیشما را روی پیشانی‌ام گذاشتم، او هرچیزی که

بلد بود به من منتقل کرد، حالا هم هر وقت دست روی پیشانی‌ام می‌گذارم، هر چیزی را که می‌داند به من می‌گوید.

بازپرس مرد:

- برگِ سیشما و دانه‌ی قرمزی را که می‌گویی پس کجاست؟

پی‌۳۰۰:

- برگ سیشما به من گفت که آن‌ها را جایی پنهان کنم، بعد هم آن قدر آمدم تا به درب آن خانه رسیدم و اکنون هم این‌جا هستم.

***

بازپرس زن:

- در این چند روز، سابقه‌ی تک تک شما را بررسی کرده‌ایم، با این که برادرت سرِ پر شوری دارد و لات بازی در می‌آورد، ولی هیچ کدامتان سابقه‌ی بدی ندارید.

فریبا:

- این یعنی می‌توانیم برویم؟ یعنی بالاخره دخترم را می‌بینم؟

***

فرهاد:

- گیرم که دو تا بحث ناقابل هم کرده باشم، نگاه به این هیکلِ نامیزان نکنید، پشتِ این ستاره‌ی مسی، قلبی از طلا هست.

بازپرس مرد:

- گفتم که، مشکل ما هیچ کدام از شما سه نفر نیستید؛ فقط.....

***

فریبا:

- ای خدا باز هم مشکل تراشی؟

بازپرس زن:

- همین که خودش را پی‌۳۰۰ معرّفی می‌کند، همین که می‌گوید از فضا آمده است، نتیجه‌ی دی ان ای، نشان می‌دهد اهلِ همین نزدیکی‌ها است.

فریبا:

- خوب این موضوع چه ربطی به ما دارد؟

***

بازپرس مرد:

- این باعث می‌شود؛ هنوز هم شما به دلیلِ همکاری با سرویسِ جاسوسی تحتِ تعقیب باشید.

فرهاد:

- خدا به زمین گرم بزندات پی‌۳۰۰ که آمدی شر به پا کردی، حالا چطوری ثابت کنیم خرِ ما از کُرّگی دم نداشته است؟

***

مبینا:

- یعنی شما می‌گویید مامان و دایی فرهاد قول همکاری داده‌اند؟ یعنی قرار است، پی‌۳۰۰ به اسم میهمان یا خواستگارِ مادرم، یا هر چیزِ دیگر داخلِ خانه‌ی ما بیاید، که شما بفهمید کیست و از کجا آمده است؟

***

فرهاد:

- آخر این طور که نمی‌شود، آمدیم یک ماه طول کشید، من باید خانه‌ی خواهرم باشم؟

بازپرس مرد:

- می‌خواهی تا ابد همین جا بمانی؟

فرهاد با دلخوری گفت:

- مثل این که چاره‌ای نیست؛ باید چه کار کنیم؟

- قبل از این که همگی را آزاد کنیم؛ شما سه نفر را کنارِ هم می‌نشانیم و شما را توجیه می‌کنیم که چگونه با پی۳۰۰ برخورد کنید؛ به هر حال این هنرِ شماست که چگونه و با چه بهانه‌ای او را به درونِ خانه بکشانید.

- یعنی باید یک غریبه را که نمی‌دانیم کیست و از کجا آمده به خانه بیاوریم؟ خطرناک است.

- چاره‌ای نیست تنها راهِ باقی مانده، طرح دوستی با او است؛ وظیفه‌ی شما این است که به هر شکلِ ممکن کاری کنید که سخن بگوید؛ خصوصاً این که کیست و از کجا آمده.

- چرا خودتان نمی‌پرسید؟

- از وقتی که دستگیر شده؛ نه خوابیده و نه چیزی خورده؛ همین طور ادامه بدهد می‌میرد و معمّا حل نشده باقی می‌ماند؛ امنیّتِ کشور در خطر است.

✳✳✳

مبینا:

- یعنی خطرناک است؟

بازپرس زن:

- هنوز نمی‌دانیم ولی شما نگران نباشید؛ کاملاً تحتِ نظر هستید و سلامتِ شما اولویّتِ اوّلِ ما است.

- کار سختی است.

- سخت‌ترین قسمتِ کار شما این است که همانندِ سربازان که از کشورشان دفاع می‌کنند؛ نترسید.

✳✳✳

فریبا:

- یعنی همه جا دوربین و میکروفون گذاشته‌اید، یعنی لباس هم نمی‌توانیم عوض کنیم؟

بازپرس زن:

- خیالتان راحت، اتاق خواب، پاکِ پاک است، فقط پی‌۳۰۰ حقِّ رفتن به آن
جا را ندارد، حمّام و دستشویی هم همین طور، فقط در حد ضرورت می‌توانید
از آن‌ها استفاده کنید.

درون خانه

پی‌۳۰۰ با حیرت درونِ خانه را می‌نگرد و به کنکاشِ اطراف مشغول است.

فرهاد:

- این چرا این طور رفتار می‌کند؟

مبینا:

- نمی‌دانم، مگر نه، خودش می‌گوید از یک سیّاره‌ی دیگر آمده.

فرهاد:

- مگر می‌شود؟ این که ظاهرش خیلی آدم است! تازه ته چهره‌اش هم خیلی
شبیه به دوست مرحومم هست.

فریبا:

- عه راست می‌گویی، همه‌اش به خودم می‌گویم انگار او را یک جایی دیده‌ام،
اصلاً خودِ خودِ پیروز هست.

پی‌۳۰۰:

- پیروز ، پیروز ، پیروز؟

فریبا:

- من بروم یک چیزی بیاورم، بعد از چند روز گرفتاری حالمان جا بیاید.

فرهاد:

- خوب دایی نگفتی از کانون چه خبر؟

مبینا:

- هیچ چیز، فقط همان روز، قبل از آمدنِ پی‌۳۰۰، درباره‌ی شهرِ تاریخیِ فیروزآباد تحقیق می‌کردیم، از همه جالب‌تر این بود که در ویکی‌پدیا نوشته بود؛ اردشیرخوره، گور، جور یا همان فیروزآبادِ باستانی، در قرنِ هفتم یا هشتم هجری به دلایلِ نامعلومی رو به ویرانی گذاشت و خالی از سکنه شد، به نظرت دایی دلیلش چه چیزی می‌تواند باشد؟

پی ۳۰۰:

- اردشیرخوره، اردشیر. اردشیر. اردشیر! جور. جور. جور؟!

پی‌۳۰۰، دستی بر پیشانی می‌گذارد، صدای برگ در سرش می‌گوید: "پی۳۰۰ زودتر سنگ را بگیر تا دیر نشده است."

فرهاد:

- این چرا این طور رفتار می‌کند؟

مبینا:

- مگر نشنیدی در راه از او پرسیدم و گفت با راهنمای سفرش در حالِ صحبت است.

فرهاد:

- همان برگ سبزِ شما که گفت جایی پنهان کرده؟

مبینا:

- بله دایی جان، پس تو هم شنیدی شیطان.

فرهاد:

- دایی! این دیگر خیلی سوژه است جان می‌دهد برای یک لایو در اینستگرام.

پی ۳۰۰ به محضِ اینکه فرهاد گوشی‌اش را روشن می‌کند به سمتش می‌رود، گوشی را می‌گیرد و می‌گوید:
- چه جالب برگِ شما به شما نور می‌دهد؟

فرهاد گوشی را پس می‌گیرد، خاموش می‌کند و در جیب‌اش می‌گذارد و می‌گوید:

- خرِ ما از کُرّگی دم نداشت. کُلّی پولش را داده‌ام، می‌زنی نابودش می‌کنی.

پی ۳۰۰:

- خر؟! مگر شما خر دارید؟

فریبا با سینی پذیرایی آب‌میوه می‌آید، روی میز می‌گذارد و می‌گوید:

- این هم آب‌سیب، تازه و خانگی، بخورید تا روشن شوید.

پی ۳۰۰:

- یعنی اگر بخورم روشن می‌شوم؟ ما پی‌ها که چیزی نمی‌خوریم.

فرهاد:

- کم‌کم دارم کلافه می‌شوم، اصلاً خودت را دیده‌ای؟ یک آیینه به من بدهید.

فریبا آیینه‌ای از درونِ کیفش بیرون می‌آورد و به فرهاد می‌دهد.

فرهاد:

- بیا خودت را ببین

پی ۳۰۰ بعد از بررسی کاملِ پشت و روی آیینه، می‌گوید:

- یعنی این مَن هستم؟

فرهاد:

- خودِ خودتی، می‌بینی با من فرقِ چندانی نداری، یعنی هرچیزی من می‌توانم بخورم تو هم می‌توانی بخوری، یا مثل آدم خودت می‌خوری، یا به زور هم که شده می‌ریزم در حلقت که بفهمی که با هم فرقی نداریم.

فریبا:

- چه کارش داری گناه دارد، خوب نخورد.

فرهاد:

- دارم به او خدمت می‌کنم، تا از توهّمِ فضایی بودن بیرون بیاید، بردار بخور.

پی ۳۰۰ با ترس و تردید دستش را به سمتِ لیوان می‌برد؛ بلافاصله دستش را به سمتِ سرش می‌برد و می‌گوید:

- نه، نمی‌خورم، اگر چنین کنم به نفرین ایر دچار خواهم شد.

فرهاد برمی‌خیزد و لیوان آب سیب را جلوی دهانِ پی ۳۰۰ می‌گیرد و می‌گوید:

- اگر نخوری هم به نفرینِ من دچار خواهی شد، گفتم بخور، و به زور قطراتی در حلقش می‌ریزد.

پی ۳۰۰ به اجبار شروع به نوشیدن می‌کند؛ پس از آن که یکی دو جرعه از گلوی پی ۳۰۰ پایین می‌رود، فرهاد می‌نشیند، لیوان را روی میز می‌گذارد و با لبخندی که از موفقیّت نَشأت می‌گیرد، می‌گوید:

- حالا دیگر اعتصاب غذا می‌کنی؟ آن هم در بازداشتگاه؟ اگر تو را از همان روز اوّل به من سپرده بودند، تکلیف یک سره می‌شد.

فریبا به گونه‌ای که پی ۳۰۰ متوجّه نشود فرهاد را تکان می‌دهد تا بفهمد که در حال خرابکاری است، فرهاد به خود می‌آید و ادامه نمی‌دهد.

پی ۳۰۰ با تعجّب پیرامونش را نگاه می‌کند و در حالی‌که دستش را به سمتِ سرش می‌برد بلند می‌شود و چند قدم آن‌سوتر می‌گوید:

- من کجا هستم؟ این‌جامه‌های زار و نزار چیست؟ چگونه مرا در بر گرفته است؟ این روشنایی‌های دلنشین که بر سقف سرا می‌بینم از کدام آتش روشن شده است؟ نه شعله‌ای که با اندک نسیمی رقصان باشد، نه دودی که با هجمه‌ای سوزناک اشک از دیدگانم روان کند و نه گرمایی که تَن گُدازِ تابستان باشد.

پی ۳۰۰ دستانش را در امتدادِ شانه‌هایش باز می‌کند، چرخی می‌زند، نفسی عمیق می‌کشد و ادامه می‌دهد:

- و این هوای دلنشین و عِطرآگین.

چشم پی ۳۰۰ به مبل می‌خورد به سمتش می‌رود، دستی بر آن می‌کشد و می‌نشیند و آهی بلند می‌کشد و ادامه می‌دهد:

- ارتَخشَتره نیز تختی به این شکوه نداشت، به راستی من کجا هستم؟ این بهشتِ شَدّاد است یا جَنّت؟

فرهاد:

- خوب! حالا دیگر اَرتَخشَتره را کجای دلم بگذارم، این دیگر کیست؟

پی۳۰۰ که انگار تازه متوجّهِ حضورِ دیگران شده است از جا برمی‌خیزد و با حیرت می‌پرسد:

- شما دیگر چه کسانی هستید؟ دستی زیر چانه‌اش می‌گذارد و پس از لختی درنگ ادامه می‌دهد: بهتر است این گونه بپرسم، من اکنون این‌جا چه می‌کنم؟

مبینا:

- با هم از بازداشتگاه به خانه‌ی ما آمده‌ایم تا بیشتر آشنا شویم.

پی۳۰۰:

- بازداشتگاه؟

فریبا:

- یعنی به این زودی فراموش کردی که دستگیرمان کردند و بازجویی شدیم؟

پی۳۰۰:

- یعنی ما در مَحبَس بوده‌ایم و پاسخگوی عسسان و گزمه‌ها؟

فرهاد:

- آخ که تازه مصیبت شروع شده است، به گمانم با یک ماه هم کارمان به سرانجام نرسد.

پی۳۰۰:

- چه‌کسی به دیارِ باقی شتافته است که مصیبتی شکل گرفته است؟

مبینا:

- منظور دایی فرهاد این مصیبتی که می‌گویی نیست.

پی۳۰۰:

- دایی؟

فریبا:

- فرهاد، برادرم، مُعَرِّفِ حضورِ شما که هست، راستی فرهاد، گفتی آرش مغازه را اداره می‌کند؟

فرهاد:

- پس برادر به چه دردی می‌خورد؟

پی۳۰۰:

- پس دخترم فرهاد خالوی شماست؟ و یک خالوی دیگر به نام آرش دارید، جالب است.

فرهاد:

- چه زود هم پسر خاله می‌شود، مبینا که دخترت نیست، بعد هم چه چیزی جالب است؟

پی۳۰۰:

- مبینا چه نام برازنده‌ای است به معنای آشکار، هویدا، روشن کننده و اما آن‌چه برایم جالب بود نام خالوی دیگرتان بود، آرش.

مبینا:

- ممنونم، لطف دارید.

فریبا:

- حتما باز می‌خواهی بگویی چه نام برازنده‌ای، نام اسطوره‌ی ایران زمین؟

پی۳۰۰:

- البته که شَکی در آن نیست که مایه‌ی مُباهات است اما آن‌چه برایم جالب بود پیش از آن، همنام بودنِ ایشان با أخَوِي عَیالَم بود.

مبینا:

- اخوی؟ عیال؟

فریبا:

- یعنی برادر زن.

فرهاد:

- مصیبت خودت هستی که بر سرِ ما فرود آمده‌ای، تا کنون که آدم نبودی، حالا دیگر برادرزن هم داری؟

پی ۳۰۰:

- من کدامین مصیبت را برایتان رقم زده‌ام که شایسته‌ی این دشنام شده‌ام، من آدم هستم و تنها گناهم این است که از شما پرسیده‌ام من این‌جا چه می‌کنم؟ البتّه جوابی هم نشنیدم.

مبینا:

- یعنی فراموش کرده‌ای که به دنبالِ عصاره‌ی اورانیوم آمده‌ای؟

پی ۳۰۰:

- اورانیوم؟ اورانیوم دیگر چیست؟
- همین است که می‌گویم مصیبتی، مصیبت، تا حالا که پی ۳۰۰ ناجیِ سیّاره‌ی سوچ بودی و به دنبال یافتنِ سنگِ اورانیوم.

پی ۳۰۰:

- سیّاره‌ی سوچ نام کدامین سیّاره است؟ پی ۳۰۰ دیگر کیست؟

فریبا:

- به سلامتی، دیگر پی ۳۰۰ را هم نمی‌شناسد.

مبینا:

- پی ۳۰۰ خودتی، خودت.

پی ۳۰۰:

- پی ۳۰۰؟ ولی نام من پیروز است، این‌جا بهشتِ شَداد است یا جَنت؟

فرهاد:

- بهشتِ شَدّاد؟ جَنّت؟ چه می‌گویی دیوانه؟

مبینا:

- دایی؟ پی۳۰۰، پیروز یا هر که هستی اینجا خانه‌ی من و مامان فریبا است.

پیروز:

- مامان فریبا؟ نکند منظورت این است که نام مادرت فریبا است؟

مبینا:

- بله همین را گفتم.

پیروز می‌خندد و با تردید ادامه می‌دهد:

- درست شنیدم؟ این کاخ که در باورم هم نمی‌گنجد را خانه نامیدی؟ بسیاری از سلاطین در خواب هم این کاخ را نمی‌دیدند، این عِطرِ شامه نواز و دلنشین از کجا می‌آید؟

فریبا:

- اسپری‌ِ گل‌های همیشه بهار زده‌ام تا از بوی بدی که بر اثرِ زباله‌های مانده در خانه پیچیده بود رها شویم.

پیروز:

- اسپری؟ زباله؟ این‌ها که می‌گویی چیست؟

در حالی‌که مبینا برمی‌خیزد و به اتاق می‌رود، فرهاد می‌گوید:

- بخت از ما برگشته، تا حالا به قول این، عسسان ما را استنطاق می‌کردند، به خاطر پی۳۰۰، حالا نوبت خودش شده است.

فریبا:

- به چیزی که بیرون می‌ریزند زباله می‌گویند، اسپری هم ..... حالا این را چه طوری معنی کنم؟

در همین حال مبینا اسپری در دست وارد می‌شود و می‌گوید:

- به این می‌گویند اسپری؛ سپس اندکی بر پدال آن می‌فشارد و همراه با خروج افشانه از آن، پیروز واکنش نشان می‌دهد؛ پس از کمی، اسپری را می‌گیرد و به بررسی آن مشغول می‌شود.

فریبا:

- آفرین دختر باهوشم، مانده بودم چه طور معنی‌اش کنم، نجاتم دادی.

پیروز:

- چه رویدادِ جالبی است، عصاره‌ی عِطر آگینی از آن با فشار بیرون می‌آید، چه دست‌آوردِ بزرگی است، آن را با خود به شهرِ جور خواهم برد و شیوه‌ی کارش را خواهم فهمید.

مبینا:

- شهرِ جور کجا بوده؟

پیروز:

- شهری است در ایالتِ پارس، در میانه‌ی بیشاپور و اصطخر، شهری که من از آن آمده‌ام.

مبینا:

- ولی سال‌ها است که شهرِ جور ویران شده است

پیروز:

- ای وای بر من، یعنی مغولانِ بدکردار شهر را با خاک یکسان کردند؟

مبینا:

- معلوم نیست، شاید هم چنین باشد، در ویکی‌پدیا نوشته بود، جور، گور یا فیروزآباد باستانی در قرن هفتم یا هشتم هجری قمری، به دلایل نامعلوم رو به ویرانی گذاشت و خالی از سکنه شد.

پیروز:

- فیروزآباد باستانی؟ فیروزآباد دیگر کجاست؟

فرهاد:

- دیگر به مرز کلافگی رسیده‌ام، پی ۳۰۰، پیروز! چه می‌دانم، فکر می‌کنی حالا شیرازی؟ تبریزی؟ یا چه می‌دانم تهرانی؟ همین جهنمی که هستی یک خانه در فیروزآباد است.

پیروز:

- این‌ها را که گفتی، همگی شهر بودند؟ نام آن‌ها را تا کنون نشنیده‌ام، ببینم درست فهمیدم یعنی می‌خواهی بگویی اکنون بر ویرانه‌های جور، شهری به نامِ فیروزآباد ساخته شده است؟

مبینا:

- ویرانه‌های جور چند کیلومتر آن طرف تر از فیروزآباد است.

پیروز:

- چند کیلومتر؟ کیلومتر دیگر چیست؟

فریبا:

- یعنی چند فرسخ.

پیروز:

- وای بر من؛ بگذار ببینم اکنون چه روزی از چه سالی است؟

فرهاد:

- ۱۴ تیر ماه سال ۱۴۰۱ هجری شمسی.

پیروز:

- منظورت را به خوبی در نیافتم، این دیگر چگونه گاه‌شماری است؟

مبینا به تاریخ گوشی‌اش نگاه می‌کند و می‌گوید:

- ۵ ذی الحجه سال ۱۴۴۳ هجری قمری یا همان ۵ ژوئیه‌ی ۲۰۲۲ میلادی.

پیروز لحظاتی مشغول محاسبه می‌شود و بعد می‌گوید:

- چه جالب یعنی گاهِ شمارِ خورشیدیِ ایرانِ باستان با هجری قمری در آمیخته و گاه‌شماری دیگر ابداع شده است؟

مبینا:

- بله سال قمری دقیقا ۱۰ روز و ۶ ساعت و ۱۱ ثانیه کوتاه‌تر از سالِ شمسی است.

پیروز دوباره مشغول محاسبه می‌شود. سپس فرهاد خطاب به پیروزمی‌گوید:
- داری چه چیزی را حساب می‌کنی؟

پیروز:

- لختی تأمّل کن،

سپس دوباره مشغول محاسبه می‌شود و دیگران حیرت‌زده نگاهش می‌کنند. پس از لحظاتی پیروز لب به سخن می‌گشاید:
- آری همین است دوشنبه ۱۶ اسفند ۶۳۳ هجری شمسی، ۱۹ محرم الحرام ۶۵۳ هجری قمری، ۷ مارس ۱۲۵۵ میلادی؛ وای بر من یعنی ۷۶۸ سال و ۳ ماه و ۲۶ روز شمسی گذشته است؟ پس هم‌سفرانِ من کجا هستند؟

مبینا:

- هم‌سفران؟

پیروز:

- آری زیبا، آرش و بی‌باکانِ شهرِ جور، اکنون باید همین اطراف باشند، باید به جستجوی آن‌ها بشتابم.

فرهاد:

- بیهوده تلاش نکن هیچ آدمِ عتیقه‌ای، غیر از خودت این اطراف دیده نشده است، وگرنه تا حالا دستگیرشان کرده بودند و ما نجات پیدا می‌کردیم.

فریبا:

- ۷۶۸ سال از چه چیزی گذشته است؟

پیروز:

- از روزی که زیبا، آرش و بی‌باکانِ شهرِ جور هم‌سفرانِ من شدند، وای بر من، وظیفه‌ی من است که هر چه زودتر آن‌ها را پیدا کنم، من معتمدشان بودم.

فرهاد لیوانِ آب سیب را بلند می‌کند و پس از نگاهی حیرت‌انگیز به آن، نزدیکِ بینیِ خود می‌گیرد و پس از بو کردنِ آن می‌گوید:

- نه، الکل هم که تولید نکرده است

پیروز لیوان را می‌گیرد و پس از وارسیِ آن می‌گوید:

- مگر شما طبیب هستید که الکل و زَکریّای رازی را می‌شناسید؟ این چه معجونی است؟

فریبا:

- معجون نیست فقط آب سیبِ خانگی است.

پیروز:

- متوجّه نمی‌شوم منظورت همان عصاره‌ی سیب است یا مثلاً عرقِ سیب؟

فریبا:

- اندکی بخور متوجّه می‌شوی.

پیروز اندکی می‌نوشد و می‌گوید:

- چه جالب یعنی آدم‌ها این روزها به جای کُنجِد، سیب را عَصّاری می‌کنند و این طعمِ دلنشین را می‌سازند؟

مبینا:

- دستگاهی به نامِ آب‌میوه‌گیری داریم که با آن آبِ سیب، هویچ و چیزهای دیگر را می‌گیریم.

پیروز:

- دستگاه یک نوع وسیله‌ی جدید است و شما در خانه دارید؟

مبینا:

- بله.

پیروز:

- شما از ثروتمندانِ شهر هستید که چنین خانه‌ای، یا این وسیله را دارید؟

مبینا:

- این خانه‌ها و وسیله‌ها را بیشترِ مردمِ شهر دارند.

پیروز با خوشحالی می‌گوید:

- یعنی اکنون انسان‌ها به آرزوی دیرین من رسیده‌اند؟ اکنون بی‌نیاز شده‌اند و
از جنگ خبری نیست؟

فریبا:

- بی‌نیازی که نمی‌دانم ولی جنگ تا دلت بخواهد فراوان است، تنها با فِشُردَنِ
دکمه‌ای در یک لحظه هزاران هزار نفر کشته می‌شوند.

لبخند پیروز بر لبش می‌خشکد و در همین حال فرهاد باقی مانده‌ی لیوان آب سیب
را از دستِ پیروز می‌گیرد و می‌گوید:

- بیشتر از این نخور که می‌ترسم به پیش از میلاد مسیح هم بروی، از وقتی
دو جرعه نوشیدی حدود صد هشت سال عقب رفتی که می‌شود جرعه‌ای
چهار صد سال، می‌خندد و ادامه می‌دهد: اگر یک پارچ بخوری احتمالاً باید
سر از کشتیِ نوح در بیاوری.

پیروز:

- به راستی من، اکنون باید راهی برای یافتنِ همسفرانِ خود پیدا کنم، اما
چگونه؟ پیروز برمی‌خیزد و آسیمه سر به دنبالِ راهی برای یافتنِ همسفرانِ
خود است.

فریبا:

- اندکی آرام باش، بنشین و کمی فکر کن، از خودت بیشتر بگو شاید به
نتیجه‌ای رسیدیم

پیروز:

- از خودم چه بگویم؟

فرهاد:

- از بچگی شروع کن تا به یک جایی برسی.

پیروز:

- اگر بخواهم از کودکی بگویم روزها و سال‌ها زمان لازم است.

فرهاد:

- مگر عمر نوح داری؟

پیروز لحظاتِ کوتاهی مشغولِ محاسبه می‌شود و بعد می‌گوید:

- اکنون ۱۸۴۳ سال و ۲ ماه و ۲۰ روز خورشیدی از تاریخِ پیدایشم گذشته است.

فرهاد:

- نگفتم؟ چند پارچ دیگر آب سیب بخورد به عصر دایناسورها می‌رسد؛ سپس می‌خندد و ادامه می‌دهد: به خدا یا چیزی زده یا همه‌ی ما را سَرِ کار گذاشته است.

مبینا:

- دایی جان حتی اگر حرفِ شما درست باشد؛ باز هم با شنیدنش ضرر نخواهیم کرد، اصلاً فکر کن فیلم می‌بینی.

فریبا می‌خندد و می‌پرسد:

- یعنی دقیقاً کِی و کجا به دنیا آمده‌ای؟

پیروز لحظاتِ کوتاهی مشغولِ محاسبه می‌شود و بعد می‌گوید:

- برای این‌که بهتر متوجّه شوید به تاریخ میلادی می‌شود، ۱۵ آوریل ۱۷۹ میلادی که جایی اطراف اصطخر به دنیا آمده‌ام.

فرهاد:

- بس کن دیگر خسته شدیم، این همه فیلم، بازی نکن.

مبینا:

- دایی جان، صبر کن ببینم آخرش چه می‌شود، یک جورهایی جَذّاب است، مثل فیلم سینمایی می‌ماند.

سپس رو به پیروز می‌کند و می‌گوید:
- عیبی ندارد هر چه قدر طول بکشد گوش می‌کنیم.

پیروز:

- فیلم سینمایی دیگر چیست؟ این پیامدِ کدامین خطاست که باعث شده است از دریافتِ علم و دانش ۷۶۸ سال و ۳ ماه و ۲۶ روز شمسی باز بمانم و اکنون در گُستَره‌ای هولناک از مَجهولات غَرقه می‌شوم، این‌جا هرچه می‌بینم یا می‌شنوم، نادانی‌ام را به سُخره می‌گیرد؛ با وجودِ کتاب‌هایی که خوانده بودم، داناترین فردِ زمانِ خود بودم و اکنون؛ چون کودکی لازم التّعلیم نیازمندِ آموزشم، باید چند کتاب را بخوانم تا عقب افتادگی‌ام جبران شود؟ اگر بر سرِ این اندوه، جان فدا کنم روا باشد؛ هرچند که آن هم غیرِ ممکن است.

مبینا:

- نگران نباش راهی به تو خواهم آموخت تا هر کتابی که خواستی یا پاسخِ هر پرسشی؛ در چشم برهم زدنی، برایت آماده شود، ولی به شرطی که از سیر تا پیازِ ماجرای خودت را بگویی، من علاقه‌مندِ تاریخم و مشتاقِ شنیدن، حتی اگر ساعت‌ها و روزها طول بکشد و دایی و مامان خسته شوند من خسته نخواهم شد و با اشتیاق فراوان گوش می‌دهم.

فریبا:

- فکر نکنم قصّه شنیدن زیاد سخت باشد، من هم می‌شنوم، حتی وقتی که در آشپزخانه سرگرم باشم بازهم متوجّهِ گفته‌هایت خواهم شد.

فرهاد:

- خوب حالا که مبینا، عزیز دل دایی اش دوست دارد، بگو من هم گوش می‌کنم، امیدوارم ارزشِ شنیدن داشته باشد.

پیروز نفسی بلند می‌کشد و می‌گوید:

- کودکی و زندگی من و بهترین همراهم، اردشیر با هم درآمیخته است، پس به ناچار باید چنین بگویم، خاندانِ من و اردشیر هر دو از ویسپوهَران یا همان خاندان‌های بزرگِ پارس بودند، مادرِ اردشیر، رودک و مادرِ من خواهرِ رودک، پوپک نام داشت و موطنشان جایی بود که بعدها اردشیرخُورَه به معنای روشنی یا افتخارِ اردشیر نام گرفت، پدران ما به اقتضای شغلی که داشتند ساکن اصطخر بودند که آن روزها مرکزِ حکومتِ پارس بود و ما جایی پیرامونِ اصطخر به دنیا آمدیم، از همان آغازین روزهای کودکی چنان دلبسته‌ی هم بودیم که حتّی شب‌ها، سر بر یک بالین می‌خُسبیدیم، هر دو سودای کتاب داشتیم و آموزشِ فنونِ جنگاوری، تنها تفاوتِ ما این بود که او همانند پدرش بابک، بیشتر علاقه‌مند جنگاوری بود و من، چونان پدرم نرسه بیشتر علاقه‌مندِ کتاب بودم. آن روزها رسم بر این بود که پسران را از همان کودکی، از خانواده جدا می‌کردند و به آموزشِ جنگاوری می‌فرستادند؛ ما را در هفت سالگی به ارگِبُد یا همان دِژِ دارابگرد فرستادند که در آن زمان یکی از پنج کوره یا شهرِ بزرگِ پارس بود و شهرِ نظامی پارس به حساب می‌آمد.

مبینا:

- یعنی می‌گویی دارابگرد قبل از اردشیرخوره به صورت دایره‌ای بوده؟ این که همه می‌گویند اردشیرخوره نخستین شهرِ دایره‌ای جهان است!؟

پیروز:

- اردشیرخُورَه نخستین شهری است که اردشیر پیش از شورش علیهِ پدرزنش اردوان پنجم بنا کرد، از سال ۲۱۱ میلادی که برادرش شاپور درگذشت و اردشیر در استخر، گوچهر یا شاهِ محلّی پارس شد تا ۲۲۰ میلادی، در این ۹ سال، چه ستم‌ها کشیدم تا آرزوی دیرین کودکی‌مان را به سرانجام رسانم،

پس از پایانِ ساختِ شهر؛ اردشیر مرکزِ حکومتیِ پارس را به اردشیرخُورَه منتقل کرد.

مبینا:

- یعنی دارابگرد نخستین شهرِ دایره‌ای جهان است؟

پیروز:

- دارابگرد هم نخستین شهرِ دایره‌ای نیست، نطفه‌ی اولیه‌ی این شهر به صورتِ پادگانِ نظامی و شهری کوچک، در زمانِ داریوش، بزرگ پادشاه هخامنشی که ۵۰۰ سال پیش از میلاد مسیح حکومت می‌کرد؛ به وجود آمد، ولی در دورانِ اشکانیان که از ۲۴۷ سال پیش از میلاد تا ۲۲۴ سال بعد از میلاد حکومت می‌کردند، گسترش یافت و با افزودنِ بناهای جدید که بیشتر کاربردِ نظامی داشت به صورتِ شهری بزرگ و پررونق، با برداشت از اردوگاه‌های نظامیِ حکومتِ آشور که در میانرودان شکل گرفته بود، بنا شد.

مبینا:

- میانرودان؟

پیروز:

- تازیان به آن بین‌النّهرین گفتند جایی بینِ رودهای دجله و فرات.

مبینا:

- یعنی اوّلین شهرِ دایره‌ای جهان جایی بینِ این دو رودخانه بوده است؟

پیروز:

- شاید پیش از آن نیز چنین شهری ساخته شده بود ولی من جایی نخوانده‌ام.

مبینا:

- گفتی پدر اردشیر، بابک بود؟ پس چرا ساسانی؟

پیروز:

- ساسان، اهلِ اصطخر و در اصل، نگهبانِ آتشکده‌ی آناهید در شهر بوده است؛ او با دخترِ گوچهرِ آن زمانِ پارس به نامِ رام‌بهشت که از خاندان بازرنگی بود، ازدواج کرد و بابک حاصلِ این ازدواج بود.

مبینا:

- یعنی اسمِ پدربزرگِ اردشیر، ساسان بوده؟

پیروز:

- آری

مبینا:

- خوب پس از این‌که در هفت سالگی به دژِ دارابگرد رفتید چه شد؟

پیروز:

- تا جوانی و برومندی به طلبِ دانش و جنگاوری در آن مکان کوشیدیم، پس از مرگِ فرمانده، اردشیر فرمانده‌ی ارگُبَد دارابگرد شد، در این هنگام بود که اردشیر، در کنارِ چشمه‌ای زیبا در موطنِ مادری‌اش قصری باشکوه ساخت؛ تا این‌که پدرش بابک در زمانِ حکومتِ بلاشِ چهارمِ اشکانی، از او خواست تا شاهی شاپور فرزندِ بزرگش را بر اصطخر به رسمیّت شناسد، اما شاهنشاه این درخواست را رد کرد و بابک در نتیجه‌ی این کار در سال ۲۰۵ میلادی، دست به شورش زد و شاپور در اصطخر به شاهی رسید، اما بعداً او و پدرش درگذشتند و اردشیر همان‌گونه که پیش از این گفتم در سال ۲۱۱ میلادی، به اصطخر رفت، مقامِ برادرش را به دست گرفت و گوچهر یا شاه محلّی پارس شد، از همان آغازین روزهای حکومتش، پادشاه وقت اشکانیان که بعداً اردشیر دخترش را به همسری برگزید؛ یعنی اردوان پنجم، مخالفِ این حکومت بود، پس از مدّتی مذاکره طرف‌ها چاره‌ای جز آغازِ نبرد ندیدند . اردشیر بابکان در بهار ۲۲۴ میلادی، لشکرِ خود را به خوزستان آورد و در نقاط راهبردی دشت هرمزدگان مستقر شد؛ محلِ استقرار او باعث شد تا کنترلِ منابع آبی این دشت را در دست بگیرد؛ از سوی دیگر، اردوان، از

پایتختِ اشکانیان یعنی شهرِ تیسفون راهیِ هرمزگان شده بود اما تنها توانست در مکان‌های کم‌اهمیّت‌ترِ دشت مستقر شده و منابعِ آبِ کمی در دست داشت؛ روز ۲۴ آوریل ۲۲۴ میلادی نبرد میان دو لشکر آغاز شد و در همان روز با کشته شدن اردوان به پایان رسید؛ پس از آن، در ۲۸ آوریل ۲۲۴ میلادی اردشیر به عنوان شاهنشاهِ ایران تاجگذاری کرد و خودش را اَرْتَخْشَتْرَ یا همان شهریارِ مقدس و سرزمینش را ایرانشهر نامید، اردشیر پس از تاجگذاری؛ پاداش‌های فراوان به یارانش بخشید؛ در آن میان، من که دوستِ کودکی‌اش بودم؛ در بزمی دو نفره، کتابخانه‌ای مخفی در اردشیرخُورَه از او خواستم تا زندگی‌ام را در آن به مطالعه و تحقیق بگذرانم و اردشیر خواسته‌ام را اجابت کرد و ثروتی فراوان به من بخشید تا خودم این خواسته را به سرانجام برسانم.

فرهاد:

- یعنی به جای صِدارَت و حکومت فقط کتابخانه خواستی؟

پیروز:

- آری چنین است، سال‌ها، به ساختِ کتابخانه‌ای مخفی در بلندای مُشرِف به اردشیرخُورَه و سپس تحقیق، مشغول بودم و نتیجه‌ی تحقیقاتم را با شوقِ فراوان در جشنِ مهرگانِ هر سال برای دوستِ دیرین و پادشاهم، اردشیر در بزمی دو نفره گزارش می‌کردم، تا این که روزی در کهولت، با وجودی که رعشه اندامم را در بر گرفته بود، معجونی ساختم و نوشیدم؛ پس از نوشیدنِ آن، ابتدا رعشه از اندامم رخت بربست و سپس چروک‌های بدنم کم‌رنگ شد و از میان رفت، موهایم در اندک زمانی به سیاهی گرایید، لختی مات و حیران بودم و بی‌مهابا می‌چرخیدم و از توانِ تازه‌ای که در اندامم آمده بود لذّت می‌بردم، ناگهان سوزشی دستم را برای لحظه‌ای بسیار کوتاه در بر گرفت و سریع از میان رفت؛ به دستم که نگریستم زخمی عمیق دیدم که لحظه به لحظه کوچک‌تر می‌شد و پس از لختی ناپدید شد؛ ابتدا بسیار ترسیدم ولی چندی بعد زمانی‌که دستم را دوباره بریدم و به تندی از میان رفت؛ دریافتم

که به دست‌آوردی بزرگ رسیده‌ام و چونان پَشوتَن جامِ حیات نوشیده‌ام؛ سرخوش به اردشیرخُورَه رفتم و رقصان در شهر بودم و در فکرِ رفتن به سمتِ تیسفون برای گزارشی زودهنگام به دوستم، که خبرِ مرگِ اردشیر، توسّطِ جارچیان در شهر؛ روزگارِ شادکامی‌ام را پایان داد.

فریبا:

- یعنی درست همان روز خبر مرگِ دوستت رسید؟

پیروز:

- تلخی‌های بسیاری در این عمرِ گران دیده‌ام، ولیک بی‌تردید تلخ‌ترینِ آن‌ها، فوریه‌ی ۲۴۲ میلادی است که نیمی از جانم پرکشیدن گرفت و در خاکی که بعدها به نقشِ رستم معروف شد آرام گرفت؛ هنوز هم به وقتِ دلتنگی؛ بویش را از آن خاک می‌جویم، ای کاش دانشم به آن‌جا کشیده بود که توانِ بازگشتِ اردشیر بر زمین را به دست آورده بودم، آهی بلند می‌کشد و سکوت می‌کند.

مبینا لحظاتی بعد می‌پرسد:
- پس از مرگِ اردشیر چه کردی؟

پیروز:

- دیر زمانی در کتابخانه‌ی مخفی‌ام، عُزلَت نشین شدم و به سوکِ نشستم، لیک چرخِ گردون بر مدارِ خویش می‌چرخید و چاره‌ای جُز آغازیدنِ دوباره‌ی زندگی نبود؛ در پیِ بی‌قراری‌ها به سمتِ تیسفون رفتم، شاید با همنشینیِ فرزندش آرام گیرم ولیک ظاهرم آن قدر جوان بود که نشانی از پیروز در آن ندیدند؛ پس‌از پافشاری فراوانِ من به ملاقاتِ با فرزندِ اردشیر، او گفت: در جستجوی پیروز بسیار کوشیدیم و در پایان، به ما این گونه خبر رسیده است که پیروز هم‌چون همزادی پاک نهاد، پس‌از مرگِ نیمه‌ی جانش، از گردونه‌ی دلتنگِ حیات کوچیده تا چونان همیشه‌ی روزها همراهِ یارِ دیرینش اَرتَخشَترَه باشد. دیگر باقی‌ماندنم در تیسفون بی‌معنا بود و با بی‌مهریِ اطرافیانِ اردشیر،

ملال‌آور؛ به ناچار به اردشیرخُورَه بازگشتم و دوباره شروع به تحقیق و مطالعه‌ی فراوان برای رسیدن به آرزوی بزرگم کردم.

مبینا:

- مگر آرزوی بزرگت رسیدن به زندگی جاویدان نبود؟

پیروز:

- نه، آرزوی دیرینه‌ام رسیدن به معجونِ بی‌نیازی انسان‌ها بود که هنوز به آن دست نیازیده‌ام.

مبینا:

- معجونِ بی‌نیازی آدم‌ها؟ که چه شود؟

پیروز:

- که جنگی شکل نگیرد چراکه من از هرچه جنگ است بیزارم.

فریبا:

- چه جالب؛ ولی چه ربطی به جنگ دارد؟

پیروز:

- پایه‌ی هرچه جنگ است، نیاز است؛ نیاز به زن، زمین، قدرت، ثروت و هزاران نیازِ دیگر بلای جان آدمی شده است.

فرهاد:

- این همه از خودت تعریف نکن بگو ببینم پس این همه سال چه می‌کردی؟

پیروز:

- پادشاهان زیادی آمدند و رفتند . از ساسانیان گرفته تا اعراب و این اواخر مغولان. من جنایات بسیاری دیدم؛ بیش از هزار سال به صورتِ مخفیانه زندگی کردم و در پیِ یافتنِ معجون کوشیدم، هر از چندی به شهر وارد می‌شدم؛ گاهی شبیهِ مجنون بودم و گاهی مسافر، آن قدر از گنجینه‌های ساسانیان داشتم که تا هزاران سال دیگر هم مشکلِ تأمینِ مایحتاجِ غذایی و

جنسی را نداشتم؛ ولی هنوز آتشِ یافتنِ راهِ حلّی برای ساختنِ شهری از آدمیان که نیازمندِ هیچ نباشند تا شَرارَت کنند از درونم شعله‌ور بود و به این امید رازم را با هیچ کس درمیان نگذاشتم و به تلاش ادامه می‌دادم؛ شهر هم، همچون حاکمان و ساکنانش دست‌خوشِ تغییراتِ فراوان می‌شد و من نیز همراهی می‌کردم؛ به مرور دین و زبانی به روز داشتم؛ اسمِ شهر هم از اردشیرخُورَه به گور و این اواخر جور تغییر کرد؛ مدتی بود که به شکلِ مسافری قصّه‌گو خودم را به ساکنان جدیدِ موطنِ مادری‌ام که اکنون نام جور را بر خود داشت عرضه کرده بودم؛ به زودی آوازه‌ی داستان‌های شیرینم دهان به دهان در شهر چرخید و علاقمندانِ فراوانی از کودک گرفته تا نوجوان و جوان و بزرگسال، از مرد گرفته تا زن، گِرداگِردم جمع می‌شدند و قصّه‌های فراوانم را می‌شنیدند . حکومتِ وقت تحرُّکاتم را رَصَد می‌کرد و به این نتیجه رسیدند تا مردم سرگرمِ داستان‌های من هستند مطیع‌ترند و شرارت‌های کم‌تری دارند؛ به همین دلیل کاری به کارم نداشتند؛ پس‌از چندی به دلیلِ توجّهِ فراوانی که به من شد، ریش سفیدان شهر به شور نشستند و تصمیم گرفتند زنی را به عقدم درآورند تا خیالشان از بابتِ زن‌هایی که پای قصّه‌هایم می‌نشستند آسوده باشد، من که دیرزمانی بود همدلی نداشتم، پس از کش و قوس‌های فراوان و بیان این نکته که مسافرم؛ به ازدواجِ موقّت با بیوه زنِ جوانی به نامِ زیبا رضایت دادم، صبح‌ها برای یافتنِ گیاهانِ دارویی از شهر خارج می‌شدم و در کتابخانه‌ی مخفیانه‌ام سرگرمِ آزمایش، تحقیق و مطالعه بودم؛ عصرها به قصّه‌گویی مشغول بودم و گاهی داروهای گیاهی به بیماران تجویز می‌کردم؛ کم‌کم به عنوانِ طبیبی حاذق هم مطرح گردیدم و در کنارِ قصّه‌گویی طبابت هم می‌کردم و شب‌ها به زندگی زناشویی سرگرم بودم.

فریبا:

- مگر طبابت بلد بودی؟

پیروز:

- به واسطه‌ی کتاب‌های فراوانی که در ذهن داشتم، به دلیلِ دلسوزی برای نجاتِ دیگران داروهای گیاهی تجویز می‌کردم؛ رغبتی هم برای این کار در من نبود، چراکه به تجربه دیده بودم که با گذشتِ زمان، سرآمدِ طبیبان نام خواهم گرفت؛ گرفتارِ دربار خواهم شد که پایانی نداشت و ناچار به ترکِ زندگی عادی خواهم شد؛ با این هراس، همیشه منتظرِ رسیدنِ زمانِ پنهان شدنِ دوباره بودم.

فرهاد:

- باز هم شروع به تعریف از خودش کرد؛ بعدش چه اتّفاقی افتاد؟

پیروز:

- یک روز صبح موفق به ساختِ معجونی شدم و مقداری از آن را برداشتم تا روی کسی آزمایش کنم، سرخوش و خوشحال به شهر بازگشتم و چون هر روز عصر به قصّه‌گویی مشغول شدم و همین‌طور در فکرِ انتخابِ گزینه‌ای برای آزمایش بودم که ناگهان قاصدانی از جانبِ حکمران شهر آمدند و من را برای طبابت به کاخ فراخواندند؛ من که قصدِ حضور در کاخ را نداشتم محترمانه عذری آوردم و وعده دادم فردا خودم با اشتیاقِ فراوان به دستبوسیِ حاکم خواهم رفت؛ پس از رفتنِ قاصدان عدّه‌ای از جوانان که سرِ نترسی داشتند من را از رفتن مَنع کردند و درباره‌ی سنگدلی حکمرانانِ مغول تبار سخن‌ها گفتند؛ وقتی که شب سایه‌ی سیاهش را بر چرخِ شهر گسترانید؛ با وجودِ دلبستگی شدید، همسرم را به آغوش کشیدم و گفتاری پیرامونِ جدایی و رفتن آغاز کردم. در میانِ لحظاتِ عاشقانه‌ی اشک و دل بریدن به ناگاه معجونم را که به کُلی از یاد برده بودم؛ به خاطر آوردم. فکری از ذهنم گذشت و تصمیم گرفتم آن را روی زیبا آزمایش کنم، شاید راه نجاتی پیدا شود. به نامِ معجونِ آرام‌بخشِ گیاهی، قطره‌ای از آن را در دهان زیبا انداختم؛ لحظاتی بعد چشمانِ زیبا بر هم رفت و به آرامی بر زمین افتاد؛ ناگهان به نوری سرخ تبدیل شد و ناپدید شد.

مبینا:

- یعنی به همین راحتی ناپدید شد و هیچ اهمیّتی ندادی؟

پیروز:

- راحت هم نبود، در دوزخی سوزنده سرگردان بودم، تا لحظاتی گیج و پریشان جای خالی زیبا را نگریستم و لحظاتی را به گریه و سوک گذراندم؛ چندی بعد اشک‌هایم را پاک کردم و تصمیم گرفتم از شهر خارج شوم و در کتابخانه‌ام تا سال‌ها مخفی شوم؛ وسایلِ شخصی‌ام را برداشتم و قصدِ رفتن داشتم، ولی احساسِ دلبستگی شدید، توأم با عذابی که در درونم برپا بود، راهم را سد می‌کرد؛ پس از کِش و قوس‌های فراوان فکری از ذهنم گذشت. من که عمری جاودان داشتم، پس دل به دریا زدم. بطری کوچک معجون را به گردن آویختم، قطره‌ای از معجون را در دهان خود انداختم، درب بطری را محکم بستم و پس‌از لحظاتی همانند زیبا، چشمانم بسته شد.

فریبا:

- یعنی تو هم ناپدید شدی؟

مبینا:

- خوب کجا رفتی؟

پیروز:

- چشم‌هایم که باز شد؛ از جا برخاستم و خود را در سرزمینی ناآشنا یافتم؛ پیرامونم پُر از درختچه‌های یکسان بود و هیچ نشانه‌ای از حشرات و حیوانات نمی‌دیدم؛ به زودی متوجّه تنها اثرِ پای جامانده بر خاک شدم و دریافتم که به احتمالِ فراوان مربوط به زیبا باشد؛ به آرامی و با احتیاط رَدِّ پا را دنبال کردم؛ پس از ساعتی صداهایی به گوشم رسید، به سمتِ صدا رفتم؛ صدای زیبا را شناختم که گویا مشغولِ صحبت کردن با دیگری بود، ابتدا می‌خواستم زیبا را به نام فریاد بزنم؛ ولی خیلی زود پشیمان شدم؛ تصمیم گرفتم به آرامی راهم را ادامه دهدم تا اگر خطری در کمین است با فنونِ جنگاوری، نجات‌دهنده‌ی زیبا باشم؛ از پشتِ درختچه‌ای سرک کشیدم تا مخاطبِ زیبا

را ببینم؛ ولی کسی را ندیدم؛ چند بار این کار را تکرار کردم، ولی بی نتیجه بود؛ ناگهان با دیدنِ چیزی میخکوب شدم؛ باورش سخت بود؛ چشمانم را مالیدم و به خودم سیلی زدم؛ نه، خواب نمی‌دیدم، زیبا با درختی مشغولِ صحبت بود. درخت متوجّه من شد و فریاد زد: آه ایر به فریادم برس، این دیگر کیست؟ زیبا با ترس نگاهی به عقب کرد، پس از دیدنم خندید و گفت: نگران نباش، شویِ من، پیروز است، پیروز، پیروز بیا ببین چه جالب است؛ درختی یافته‌ام که سخن می‌گوید، خیلی هم شیرین زبان است؛ چونان خودت. پیرامونم را نگریستم و با تردید نزدیک شدم، چند بار گراگردِ درخت چرخیدم و با حیرت آن را نگریستم. درخت خندید و پرسید: "چه چیزی شده است؟ دنبال چه چیزی می‌گردی؟ یعنی تا حالا درخت ندیده‌ای؟" کمی سرم را خاراندم و گفتم: "چرا! درختان زیادی را به خوبی می‌شناسم ولی هیچ کدامشان حرف نمی‌زنند." درخت باز هم خندید و گفت: "این‌جا درختچه‌ها لال هستند ولی ما درختان با هم حرف می‌زنیم." پرسیدم: "مگر درختان دیگری هم هستند؟ من که فقط درختچه‌های شبیه به هم دیدم." درخت گفت: "در این‌جا درخت، فقط من و همسرم هستیم؛ کمی آن طرف‌تر در نیمه‌ی چپِ سیّاره‌ی سوچ است، آن‌جا اکنون شب است و بارانی، از این بالا می‌توانم ببینمش؛ شما نمی‌توانید، وقتی هردوتایی بیدار باشیم خیلی حرف می‌زنیم خصوصاً او." با تعجّب پرسیدم: "سیّاره‌ی سوچ؟"

فرهاد:

- وای بر من تازه سر از سوچ در آوردیم.

پیروز:

- مگر شما هم به سوچ رفته‌اید؟

مبینا:

- نه، ادامه بده بعد برایت خواهم گفت.

پیروز ادامه داد:

- با تعجّب پرسیدم: "سیّاره‌ی سوچ؟" درخت گفت: "سوچ را هم نمی‌شناسی؟"
خندید و ادامه داد: "سیّاره‌ی سوچ، در منظومه‌ی ایر از کهکشانِ آن." گفتم:
"اگر اشتباه نکرده باشم، اسمِ ستاره‌ی شما ایر است و شما آن را می‌پرستید."
درخت گفت: "خیلی باهوشی،" خندید و ادامه داد: "از کجا فهمیدی؟" گفتم:
"خوب معلوم است به محضِ دیدنم گفتی: آه ایر به فریادم برس." زیبا با
نگرانی از من پرسید: "پیروز چه چیزی به خوردم دادی که اکنون این‌جا
هستم؟ ما کجائیم؟ این درخت چه چیزی می‌گوید؟ اصلاً خودت چطور
آمده‌ای؟ راهی برای برگشتن داریم یا نه؟ خانواده و دوستان‌مان چه
می‌شوند؟" گفتم: "زیبای من اندکی تأمُّل کن برایت توضیح خواهم داد؛ هر
دو، با همان قطره‌ی معجون آمده‌ایم و به احتمالِ فراوان با همان هم باز
خواهیم گشت." زیبا پرسید: "ببینم این معجون را از کجا آورده‌ای؟ از چه
کسی گرفته‌ای؟" گفتم: "از کسی نگرفته‌ام، خودم ساخته‌ام." زیبا پرسید:
"یعنی شویِ من، یک جادوگر است؟" گفتم: "جادوگر کدام است؟" زیبا
پرسید: "این کار اگر جادو نیست پس چیست؟" گفتم: "چه‌قدر بگویم اندکی
تأمُّل کن برایت توضیح خواهم داد؛ لیکن به شرطی که قول بدهی تا آخر، به
حرف‌های من گوش بدهی و صبر پیشه‌ی خود سازی تا سخنانم به اِتمام
رِسَد؛ آن گاه اطمینان داشته باش به پاسخِ تمامِ پرسش‌هایت خواهی رسید."
زیبا گفت: "باشد سعی خواهم کرد، ساکت باشم." سپس آن‌چه را از کودکی
تا آن‌روز برای شما بیان کردم برای زیبا هم کم و بیش گفتم.

فرهاد:

- یعنی این همه حرف زدی و عیالت ساکت گوش داد؛ مگر می‌شود؟ مگر
داریم؟

پیروز:

- بارها و بارها، زیبا میانِ صحبت‌هایم پرید ولی با روش‌های مختلف عشوه‌گری کرد و من ساعت‌ها در کنارِ درخت داستان زندگی‌ام را برایش گفتم و در پایان به او گفتم، حالا هم که با هم این‌جا هستیم.

فریبا:

- زیبا سخن‌هایت را پذیرفت؟

پیروز:

- نه؛ در آغازینِ گفتارش پرسید: یعنی توقُّع داری باور کنم که تو اکنون هزار سال سن داری؟ یعنی من هم اینک عمرِ جاویدان دارم؟

فرهاد:

- حق داشته، این یاوه‌ها در باور هیچ کس نمی‌گنجد.

پیروز:

- پس از لختی تَأَمُّل، تکّه‌ای سنگِ تیز برداشتم و به سرعت دستِ زیبا را بریدم. زیبا گفت: "چه کار می‌کنی دیوانه." گفتم: "هم‌اینک هر دو، مطمئن خواهیم شد." زیبا پرسید: "چه می‌گویی؟" گفتم: "به زخمِ دستت نگاه کن." زیبا به زخمِ دستش نگاه کرد و زخمش را دید که به سرعت در حالِ خوب شدن است، کمی بعد دستش درست مثلِ قبل از جِراحت شد، حتّی چین و چروک‌های کم‌رنگ دستش هم از میان رفته بود و دستانش طراوتِ جوانی یافته بود. گفتم: "این به معنای آن است که تو هم؛ چونان من همیشه جوان خواهی ماند." زیبا که در پوست خود نمی‌گنجید؛ گفت: "وای خدای من؛ به راستی امکان‌پذیراست؟ یعنی در خواب نیستم؟ یعنی دیگر خبری از چروکیده شدن و پیری نیست؟" به خودم اشاره‌ای کردم و گفتم: "می‌بینی که سال‌ها پیش این اتّفاق افتاده است." چندی بعد به همراهِ زیبا، سرگرمِ مکاشفه‌ی سیّاره‌ی جدید شدیم؛ هرچه بیشتر جستجو کردیم، غیر از درختچه‌ها؛ دو غار و دو درخت سیثما؛ چیزی دستگیرمان نشد؛ جالب‌ترین نکته این بود که احساسِ تشنگی و گرسنگی یا حتّی نیازی به مُستراح رفتن

نداشتیم؛ هرچه جستجو می‌کردیم، خسته نمی‌شدیم؛ گویا خواب را از یاد برده بودیم؛ حتّی خمیازه‌ای ساده هم وجودمان را در بَر نمی‌گرفت.

مبینا:

- خامیازه؟

فریبا:

- احتمالاً خَمیازه را می‌گوید.

فرهاد:

- دهان دَره، یعنی خوابش می‌آید.

پیروز:

- آری چنین است؛ می‌گفتم؛ در زمین به دنبالِ سایه‌ها بودیم و از گرمای خورشید گریزان؛ لیکن اکنون گرایشی بی‌نهایت به نور داشتیم و با اندک سایه‌ای رِخوتِ مرگ در اندامّمان می‌دوید؛ چندین و چند بار به همراه نورِ ایر مانده بودیم و سیّاره‌ی سوچ در زیر پاهایمان چرخیده بود؛ پشت سرمان شب شده بود و بارانی نرم که توانِ دیدنش را نداشتیم؛ چراکه در تاریکی بود و ما از آن گریزان؛ بارها و بارها، با هر دو درخت که اکنون به نامشان سیشما صدایشان می‌کردیم، گرمِ گفت‌گو شده بودیم و دریافته بودیم نام درختّچه‌ها ساویچ است؛ درست در میانه‌ی سیّاره سایه‌ها کوتاه‌تر بودند و حرکتمان به سمت نور تندتر. درست در همین میانه درختان سیشما در امتداد هم بودند و دو غار با فاصله‌ای یکسان به چشم می‌خورد هرچند تمایل داشتم درون غارها را جستجو کنم ولی از سایه‌اش گریزان بودم و مدّت زمان زیادی نمی‌توانستَم سایه را تحمّل کنم؛ به ناچار خیلی زود بیرون می‌آمدم و با رسیدن به نور جانی دوباره می‌یافتم؛ هرچه از کمربندِ میانی سیّاره به سمت بالا یا پایین می‌رفتیم طول سایه‌های درختّچه‌ها بلندتر و به دنبال نور حرکتمان کندتر می‌شد. مدّت زمانِ زیادی بود که گزینه‌ی اصلی حرکتمان همان کمربندِ میانی بود؛ نشستن در کنارِ درخت سیشما و قصّه‌گویی برای زیبا؛ هرچه بیشتر گذشت جذّابیت‌های سیّاره کم‌رنگ‌تر شد و غُر زدن‌های

زیبا بیشتر؛ تا جایی که بحثی لفظی بین من و زیبا درگرفت؛ زیبا قهر کرد و از من فاصله گرفت؛ چندی بعد احساسِ تنهایی؛ زیبا را به سمتم کشاند و نرم‌نرمک از من خواست تا با هم به زمین بازگردیم و من هم پذیرفتم.

مبینا:

- یعنی خسته شدید؟

فریبا:

- حق داشته‌اند؛ مگر امکان‌پذیر است بدونِ همزبان روزها را شب کرد؟

فرهاد:

- یعنی هیچ حیوان و جانوری نبود؟

پیروز:

- هیچِ هیچ؛ حتّی مگسی هم نبود.

فرهاد:

- نبودن مگس که نعمت است ولی هیچ جایی بدونِ گوشتِ حیوان جذاب نیست، چگونه می‌شود از آب‌گوشت چشم‌پوشی کرد؟ شما که گرسنه هم نمی‌شدید؛ نه؛ اصلاً دلچسب نیست.

مبینا می‌خندد و می‌گوید:

- دایی شما هم که فقط در فکرِ آب‌گوشتی.

فریبا:

- اتّفاقاً یک آب‌گوشت؛ بابِ طَبعِ فرهادم بار گذاشته‌ام، تا یک ساعت دیگر آماده‌ی خوردن می‌شود.

مبینا:

- مامان تو هم که فقط به فکرِ داداش جان‌ات هستی.

فرهاد:

- حسود، نگران نباش، فردا هم برای تو ته چین می‌پزد.

فریبا:

- حالا تا فرصت داریم، بگذارید میهمانمان داستانش را ادامه دهد.

فرهاد:

- موافقم؛ به شنیدنش می‌ارزد.

مبینا:

- عمو پیروز بعدش چی شد؟

پیروز:

- من و زیبا تصمیم گرفتیم، برای بِدرود پیش از مُراجعَت نزدِ درختانِ سیشما که در مدّتِ اقامتمان، تنها گوش‌های شنوا و لب‌های گویایمان بودند، برویم و سپس برای همیشه ترکشان کنیم؛ پس‌از آن‌که با نخستین درخت بِدرود گفتیم به سراغ درخت دیگر، همان درختی که نخستین بار پس‌از ورود به سوچ دیدیم، رفتیم؛ به محضِ دیدنمان گفت: "به این زودی قصدِ رفتن دارید؟" گفتم: "از کجا فهمیدی؟" درخت پاسخ داد: "همسرم گفت که قصدِ ترکِ این سیّاره را دارید، حالا چرا می‌خواهید بروید؟" گفتم: "راستش را بخواهی دیگر از این همه تکرار حالمان دگرگون می‌شود. زیبا هم دلتنگ اقوام، خویشان و دوستانش شده است." درخت گفت: "البتّه که حق با شماست؛ دلیلِ روشنی هم دارد و آن این است که شما هنوز به بزرگترین رازِ این سیّاره پی نبرده‌اید." زیبا پرسید: "راز؟ ما که هر چه گشتیم غیر از دو درختِ سخنگو چیزی نیافتیم." درخت پاسخ داد: "بزرگترین رازِ سیّاره‌ی سوچ در درونِ آن نَهفته است." گفتم: "راهی برای رفتن به درونِ سیّاره ندیدیم." درخت گفت: "در انتهای هر غار راهی است به درونِ سیّاره که در نهایت از آن سوی سیّاره بیرون می‌آید. درون سیّاره‌ی سوچ به بزرگی هزاران سیّاره‌ی زمین است و با ورود به آن سفری را آغاز می‌کنید، سفری به درازای هزاران هزار سال." زیبا گفت: "در زمین پر از حیوانات خانگی با گوشت‌های لذیذ و میوه‌های رنگارنگ و جواهرات و هزاران چیز دیگر است؛ در این‌جا، میل به خوردن هم نداریم، فارغ از این، فقط درختچه‌های شبیه به هم دیدیم و شما دو درخت عجیب، اگر شما هم نبودید که خیلی زودتر این سیاره طاقت‌فرسا شده بود." گفتم: "فقط خدا می‌داند تا چه اندازه دلتنگ کتابخانه‌ام شده‌ام." درخت گفت: "جالب‌ترین قسمتِ ماجرای سفر همین

است که شما هرچه بخواهید در اختیارتان خواهد بود." گفتم: "چگونه؟" درخت گفت: "کافی است فقط بخواهید، به فاصله‌ی چشم برهم زدنی آماده خواهد شد." زیبا پرسید: "یعنی اگر دست آویزهای طلا یا انگشتری‌های الماس‌نشان یا چه می‌دانم گردنبندهای مروارید بخواهم، نصیبم خواهد شد؟" گفتم: "این‌ها را که خودم هم دارم." زیبا با ناراحتی پرسید: "تو که آه نداشتی با ناله سودا کنی؟" گفتم: "در کتابخانه‌ی مخفی‌ام گنجینه‌ای بزرگ از اردشیر دارم که در خواب هم ندیده‌ای." زیبا پرسید: "یعنی تو واقعاً این چیزها را داشته‌ای و من را از آن محروم کرده‌ای؟" گفتم: "اگر چنین کرده بودم که دلیل کنجکاوی دیگران می‌شد و هزاران هزار گرفتاری، کم‌ترین عقوبتمان سیاه‌چال بود و بازخواست‌های رنگارنگ از یاسای حاکمان." درخت گفت: "در این سفر هیچ یاسا و حاکمی نیست و هرچه بخواهید؛ حتّی هزاران هزار برابر آن‌چه داشته‌اید نصیبتان خواهد شد." گفتم: "امکان‌پذیر نیست، با محاسبات من گسترده‌ترین گردشمان به دور سیّاره‌ی سوچ تنها ۷۳۰ روز به طول خواهد انجامید. آن‌گاه درون سیّاره، هزاران هزار سال؟ نه این امکان‌پذیر نیست." درخت گفت: "چگونه است که اکنون با من گرم گفت‌وگو شده‌اید؟ مگر چنین چیزی؛ یا آمدنتان امکان‌پذیر بود؟" گفتم: "از این هم که بگذریم ما در این سیّاره توان رفتن به سایه‌ها را نداریم چه رسد به انتهای غار؟" درخت گفت: راه‌حلّ این مشکل در اختیار من است." زیبا پرسید: "واقعاً؟ یعنی می‌توانیم به سایه‌ها برویم یا لختی بخوابیم؟ حتّی دلم برای خواب زمین هم تنگ شده است." درخت گفت: "البتّه که می‌توانید." از زیبا پرسیدم: "زیبای من سفر را آغاز کنیم یا بازگردیم؟" زیبا گفت: "هرچه فکر می‌کنم هیچ لذّتی بیشتر از به آغوش کشیدن مادرم و دیدار دوستان و آشنایان نیست. اصلاً چه بهتر است بازگردیم و پس از رفع دلتنگی، برای شروع این سفر، همگی را با خود بیاوریم، تو که از عهده‌ی این کار برخواهی آمد." گفتم: "آری می‌توانم؛ فکر بدی نیست، چنین خواهیم کرد. "درخت گفت: حال که قصد رفتن دارید، سفری خوب را برایتان آرزو می‌کنم، فقط به یاد داشته باشید، در صورت انتخاب رفتن و سپس بازگشتن، راه شروع سفر را

در صورتی به شما خواهم گفت که هزار تَن همچون پیروز و هزار تَن چونان زیبا به همراه داشته باشید؛ حال کمی بیش‌تر یا کم‌تر هم قبول خواهم کرد." گفتم: "گمان کنم پس از پایانِ یک قصّه‌گوییِ دلنشین؛ توانِ این کار را خواهم داشت." زیبا گفت: "من هم در راضی کردن زن‌ها تو را یاری خواهم کرد."به درخت سیشما گفتم: "شرطِ شما را می‌پذیریم؛ ما می‌رویم و به زودی بازخواهیم گشت؛ پس تا درودی دیگر بِدرود." سپس درب شیشه‌ی عصاره را گشودم و قطره‌ای در دهان زیبا انداختم، پس از لحظاتی چشمان زیبا بسته شد؛ به آرامی بر خاک افتاد و به نورِ سبزرنگی تبدیل شد و ناپدید گشت. آن‌گاه من هم قطره‌ای نوشیدم و همچون زیبا چشمانم بسته شد.

مبینا:

- خوب بعد چه شد؟

پیروز در حالی‌که از چیزی ناراحت به نظر می‌رسید گفت:

- با پوزش فراوان، اندکی مجال می‌خواهم تا از اندرونی خارج شوم و به مُستَراح روم گویا سال‌های سال است که دفعِ حاجت نکرده‌ام.

فریبا، نگاهی به فرهاد می‌کند و می‌پرسد:

- مُستَراح؟ دفعِ حاجت؟ چه می‌گوید؟

فرهاد:

- من هم نفهمیدم، پی ۳۰۰، نه، چه کسی بودی؟ آها، پیروز، ما نفهمیدیم کجا می‌خواهی بروی؟

پیروز:

- آخر چگونه بگویم؟ آبریزگاه!

پیروز لختی پس‌از سکوت، متوجّه شد که منظورش را درک نکرده‌اند، برخاست، نزد فرهاد رفت و چیزی در گوشش نجوا کرد. فرهاد لبخندزنان برخاست دستش را گرفت و او را به سمتِ دستشویی برد، درب را باز کرد و کلید را روشن کرد و بازگشت. پیروز با شنیدن صدای روشن شدن تهویه و درونِ دستشویی کمی ترسید لختی حیران

نگریست، می‌خواست چیزی بگوید، پشیمان شد؛ با تردید کلید برق را فشار داد، نور و تهویه خاموش شد، با شوق دوباره بر کلید فشار آورد و بارها تکرار کرد.

فرهاد:

- نکن، خراب می‌شود، مگر اسباب‌بازی است؟ چرا چنین می‌کنی؟

پیروز:

- دست‌آوردِ بزرگی است، چگونه کار می‌کند؟

فریبا:

- خدا پدر و مادر ادیسون را رحمت کند.

پیروز:

- ادیسون دیگر کیست؟

مبینا:

- مخترع لامپ.

فرهاد:

- تا کار دست خودت نداده‌ای، روشن کن، برو داخل.

پیروز کلید را روشن کرد، درونِ دستشویی رفت و درب را پشت سرش بست. چندی بعد فرهاد که از طولانی شدنِ زمانِ ماندنِ پیروز در دستشویی نگران به نظر می‌رسید؛ برخاست و به سمتِ دستشویی رفت؛ ضربه‌ای بر درب کوبید و پرسید: سالمی؟

پیروز:

- آری.

فرهاد:

- چه می‌کنی؟ مشکلی داری؟ یُبوستی؟ چیزی؟

پیروز:

- نه، کارم خیلی وقت است تمام شده.

فرهاد:

- نکند خوابت برده؟

پیروز:

- نه، مشغولِ واکاوی پدیده‌های جالب این مکانِ غریبم.

فرهاد:

- درب را باز کنم؟ مشکلی نیست؟

پیروز:

- باز کن

- فرهاد درب را می‌گشاید و پیروز را می‌بیند که جلوی روشویی ایستاده و مدام در حال باز و بسته کردن آب وَ سرد و گرم کردن آن است.

پیروز:

- چگونه ممکن است آبِ کاریزی سرد و آبِ کاریزی گرم، این گونه و به سادگی در هم آمیخته شود و در حفره‌ی سنگی صیقلین فرو رود؟

فرهاد:

- چه می‌گویی؟ کاریز دیگر چیست؟

پیروز:

- قنات.

فرهاد:

- این که آب قنات نیست، آب لوله‌کشی است، لوله که می‌دانی چیست؟

پیروز:

- آری خود نوعی جدید از لوله‌های نازک سفالین در کاخ به کار گرفته‌ام.

فرهاد:

- اگر صلاح می‌دانی دست از سرِ شیرِ آب بردار، خراب می‌شود، سپس دست پیروز را گرفت و او را بیرون کشید، درب را بست، کلید را خاموش کرد و او را به سمت نشستن هدایت کرد.

پیروز در حال نشستن پرسید:

- شیر آب؟ آب و شیر چه ربطی به هم دارند؟

مبینا:

- نخستین جایی که آبِ لوله‌کشی‌های جدید از آن بیرون می‌آمد از دهانِ مجسمه‌ای به شکلِ سرِ شیر بود و مردم به مرور به جایی که آب لوله‌کشی بیرون می‌آمد شیر آب گفتند.

فرهاد:

- چه جالب؛ نمی‌دانستم.

مبینا رو به پیروز کرد و پرسید:

- شنیدم که در مورد لوله‌های سفالین چیزی می‌گفتی؛ جریان چه بود؟

پیروز:

- آری، زمانی که اردشیر کاخی باشکوه برفرازِ کوهِ پادنا می‌ساخت، گفتم مخزن های متعددی در کوه کندند و با لوله‌های نازکِ سفالین مرتبط شان کردم؛ به این صورت آب از رودخانه تا بالای کوه می‌آمد.

مبینا:

- یعنی می‌گویی آب خود به خود از بسترِ رودخانه تا قلعه‌ی دختر بالا می‌رفت.

پیروز:

- در نزدیکی شما رودخانه‌های سرد و گرم است و با لوله‌های سفالین آب را به این‌جا کشیده‌اید؟

مبینا می‌خندد و می‌گوید:

- نه، دیگر نشد، قرار شد همه‌ی داستان زندگی‌ات را بگویی و بعد راهی نشانت دهم برای پاسخ پرسش‌هایت.

فریبا:

- دخترم راست می‌گوید، داستان زندگی‌ات را تمام کن بعد.

پیروز:

- راستش را بخواهید رمقی در بدن ندارم، تو گویی که سال‌های سال نه خوابیده‌ام و نه چیزی خورده‌ام.

فریبا در حالی‌که بلند می‌شود، می‌گوید:

- ببخشید یادم رفته بود، مبینا! مامان بیا کمک، تا سفره‌ی شام را آماده کنیم.

لحظاتی بعد سفره‌ی شام گسترده بود و آبگوشتی که با لذّتِ فراوانِ فرهاد در حال خورده شدن بود، لحظاتی بعد از جمع کردن سفره‌ی شام چشمان پیروز همان‌گونه که روی مبل نشسته بود؛ بسته شد و به خوابی عمیق فرو رفت؛ فرهاد همان جا کنارِ مبل بسترِ خوابشان را با کمکِ فریبا و مبینا انداخت؛ درحالی‌که مادر و دختر به اتاق خوابشان می‌رفتند؛ فرهاد به آرامی پیروز را صدا زد؛ او را به رختخواب راهنمایی کرد و گفت: همین جا کنارت می‌خوابم اگر کاری داشتی صدایم کن. چندی بعد هر دو چون لامپ‌های اتاق به خواب رفتند.

❊❊❊❊❊

فرهاد پیروز را تکانی داد؛ پیروز که صورتش از عرق خیس بود و ناله می‌کرد از خواب بیدار شد و در رختخواب نشست و کنجکاوانه اطراف را نگریست.
فرهاد:

- از بس که ناله کردی؛ نگذاشتی راحت بخوابم، مگر چه خوابی می‌دیدی؟

پیروز:

- زیبا در دهانه‌ی غار ایستاده بود؛ ریشه‌های غریبی از خاک بیرون زده بود و دستان و پاهایش را به سختی گرفته بود، به محضِ دیدنم، فریاد برآورد و کمک خواست به سرعت به سمتش دویدم؛ ناگهان خاک دهان گشود و در حفره‌ی بزرگی پر از ریشه‌های بزرگ و کوچک افتادم؛ ریشه‌ای را می‌گرفتم تا خودم را به سمت بیرون ببرم ناگهان با صدای خنده‌ای ناهنجار ریشه‌ی درون دستم متلاشی می‌شد و ذرّاتش به اطراف می‌پاشید و دیگر بار سقوط می‌کردم و ریشه‌ای دیگر را می‌گرفتم و خودم را به طرف بالا می‌کشیدم؛ باز

صدای خنده می‌آمد و تکرار، پشتِ تکرار؛ خوابی وهم آلود بود و دهشتناک به گمانم زیبا، آرش و بی‌باکانِ شهر جور مرا به یاری می‌خوانند.

فرهاد:

- وقتی نمی‌دانی کجا هستند چگونه به یاری آن‌ها خواهی رفت، ما هم که هنوز روایت زندگی‌ات را تمام نشنیده‌ایم تا شاید معمّا را حل کنیم، اکنون برخیز و تن از رخوتِ خواب برگیر تا بعد، شاید راهی پیدا شد.

پیروز برخاست و به دستشویی رفت لحظاتی بعد فریبا و پس‌از آن مبینا هم از اتاق خواب خارج شدند. طولی نکشید که بساطِ صبحانه برپا شد و پس‌از خوردن به سرعت برچیده شد و همگی نشسته بودند؛ مبینا که بی‌قرارِ شنیدن بود لب به سخن گشود و گفت:

- عمو پیروز نگفتی که بعد چه اتّفاقی افتاد؟

پیروز:

- تا کجا گفتم؟

فریبا:

- تا جایی که با درختانِ سی‌شما خداحافظی کردید و به ترتیب با خوردنِ معجون ناپدید شدید.

پیروز:

- آری؛ وقتی که چشمم را گشودم، خودم را در کنارِ زیبا دیدم که با تعجّب به اطرافش نگاه می‌کرد. زیبا گفت: "خانه‌ی ما را چه شده است؟" نگاهی به اطراف کردم و گفتم: "وسایلمان که نیست، غبار و تارعنکبوت هم که حاصلِ نبودنمان است، گمان کنم پس از چند ماه بازگشته‌ایم." زیبا گفت: "چه قدر احساسِ گرسنگی می‌کنم چیزی هم که برای خوردن نیست." گفتم: "عجیب است که من هم آن قدر گرسنه‌ام که نای راه رفتن ندارم." زیبا گفت: "بگذار تا از مادرم غذایی بگیرم، می‌دانم که این کار را دوست نداری، ولی چاره‌ای نیست، اکنون نزدیک‌ترین راه برای رفعِ این گرسنگی همین است." گفتم:

"اندکی صبر کن" و سپس به سمتِ پستوی اتاق رفتم و آنچه پنهان کرده بودم برداشتم و به سمتِ زیبا بازگشتم. زیبا گفت: "وای چه زیباست این را از کجا آوردی؟" گفتم: "برای روزِ مبادا در گوشه‌ای پنهان کرده بودم." زیبا پرسید: "برای من است؟" جوابش دادم: "گفتم که باز هم دارم، به تو هم خواهم داد؛ ولی اکنون این را به عنوانِ ارمغانِ سفر به مادرت بده، فقط مراقب باش، بگو از ترسِ رفتن به قصر، شبانه گریختیم و در شهرهای مختلف با طبابت روزگار گذراندیم و اکنون به دل‌تنگیِ شما بازگشته‌ایم، از گذرِ زمان هیچ نگو تا خودشان مدّتِ نبودمان را بازگو کنند." زیبا گفت: "خیال آسوده دار؛ چنین خواهم کرد." سپس، اندکی ظاهرش را مرتّب کرد و از خانه خارج شد؛ طولی نکشید که سرگشته و تنها با قرصی نان بازگشت. پرسیدم: "چه شده؟ اتّفاقی رخ داده است؟" پاسخ داد: "نمی‌دانم؛ به غیر از عروسمان، مهوش، در خانه هیچ کس نبود، پس از پاره‌ای گفت و گو، تنها نانی که در خانه بود به من داد و گفت: نگران نباش برو به شویَت رسیدگی کن؛ برادرت را به زودی خواهم فرستاد تا با شما سخن بگوید." پرسیدم: "پرسشی نکرد؟" پاسخ داد: "چرا؛ آنچه گفتی، گفتم؛ ولی آن قدر کوچه‌های شهر عجیب و خلوت شده بود که پرسش‌های من بیشتر بود؛ ولی جوابِ چندانی نشنیدم." نان را میانِ خود قسمت کردیم و با ولع خوردیم؛ چندی بعد صدای ضربه‌های در؛ خبر از مرد و زنی می‌داد که بیرون از خانه منتظر ورود بودند، زیبا به سمت در رفت و آن را گشود. زیبا گفت: "نازنین برادرم؛ آرش جان فقط خدا می‌داند تا چه اندازه دلتنگ تان بودم." سپس رو به مهوش کرد و ادامه داد: "مهوش جان خوش آمدی. پس دیگران کجا هستند؟"آرش گفت: "اندکی صبر پیشه کن تا نفسی تازه کنم؛ همه چیز را خواهم گفت."به جمعشان پیوستم، آرش را در آغوش کشیدم و پس‌از احوال‌پُرسیِ کوتاهی؛ ایشان را به سمتِ داخل دعوت کردم. گفتم: "به هرحال ببخشید، تازه آمده‌ایم و در خانه چیزی نیست؛ جز همین بوریای مُندَرس، راستی، خبری از وسایلمان ندارید؟" آرش گفت: حدود یک ماه پس از ناپدید شدن شما و مراسمِ یادبودتان، اسباب‌تان را به خانه‌ی پدر منتقل کردیم. زیبا پرسید: "مراسم

یادبود؟ آرش پاسخ داد: "آری در شهر، شایع شده بود که شما به دستِ حاکمانِ مغول، سر به نیست شده‌اید، آوازه‌ی این رویدادِ شهرِ جور، از همین کوشکِ خودمان گرفته تا اصطخر و دارابگرد و حتّی بندرِ سیراف؛ دهان به دهان چرخید و داعیه دارانِ آزادی را گِردِ هم آورد؛ به مرور قیامی به بهانه‌ی خونخواهی شما، شکل گرفت که در نهایت به آزادیِ شهر از دستِ مغولان بدکردار انجامید." پرسیدم: "قیام، خونخواهی ما؟" آرش پاسخ داد: "آری، اصلاً بگویید بدانم؛ شما در این یک سال کجا بوده‌اید که آوازه‌ی قیامِ بی‌باکانِ جور به گوشتان نرسیده است؟ اصلاً چگونه از محاصره‌ی مغولان گذشتید و به شهر وارد شدید." من که از قبل انتظار پرسشی از نحوه‌ی گریختن‌مان را داشتم و به پاسخ آن اندیشیده بودم بلادرنگ پاسخ دادم که: "راستش را بخواهید در کتابی مربوط به دوران ساسانی خوانده بودم که به دستورِ اردشیر راهی زیرزمینی در اردشیرخُوَرَه که امروزه ما جور می‌گوییمش ساخته شده است که از مرکز شهر تا فرسنگ‌ها بیرون از شهر کشیده شده است؛ چند روزی قبل از آمدنِ قاصدانِ قصر؛ همان‌گونه که در پیِ گیاهان دارویی بودم، آن راه را به شکلی عجیب یافتم؛ نمی‌دانم؛ شاید خواستِ خداوند چنین بود که به هنگامِ تهدید از جانبِ قصر، از آن طریق بگریزیم؛ آن‌گاه تا جایی که می‌توانستیم از این شهر دور شدیم؛ اکنون هم از همان راه آمدیم و به هیچ وجه متوجّهِ محاصره و رویدادهایی که نقل می‌کنی نشده‌ایم."

پیروز نفسی کشید و ادامه داد:

- آرش با شنیدن سخنانم تبسمی کرد و گفت: "خدای را سپاس که راهی برای نجاتِ محافظانِ شهر گشود تا به پایداری خود ادامه دهند؛ اکنون بیش از دو ماه است که شهر در محاصره است و آذوقه‌ای اندک مانده بود؛ خدای را هزاران سپاس که راهی برای نجات از این قحطی برای‌مان گشود." زیبا پرسید: "یعنی مردمان شهر به دلیلِ قحطی جان داده‌اند که این چنین کوچه‌ها آرام و بی رهگذر است؟" مهوش پاسخ داد: "نه خواهر جان هنوز کسی از گرسنگی جان نداده است." زیبا پرسید: "پس دیگران کجا هستند؟

پدر و مادرم، برادران و خواهرانم؟" آرش پاسخ داد: "نگران نباش، پدر و مادرم، برادران و خواهرانم، یقین دارم اکنون ساکنِ کوشک باشند، پس از فتحِ شهر، تصمیم بر آن شد که سالخوردگان و کودکان؛ شهر را ترک کنند و در آبادی‌های اطراف ساکن شوند تا از یورشِ مغولان در امان باشند، کسانی هم در پیِ یافتنِ بی‌باکانی که سودای آزادی در سر داشتند به شهرهای مختلف رفتند و اکنون با آمدن میهمانان؛ قریب به هزار زوجِ جوان گرداگردِ شهر را مراقبت می‌کنند و تنها نگرانی من تأمینِ آذوقه‌ی یارانم برای روزهای آتی بود که با آمدنتان راهی گشوده شد." گفتم: "من راه بهتری سراغ دارم." آرش پرسید: "کدام راه؟" پرسیدم: "آیا به من اعتمادِ کامل دارید؟" آرش پاسخ داد: "آری؛ اگر شما را از چشمانِ خود دوست‌تر نمی‌داشتیم که به خاطرِ شما خیزشی شکل نمی‌گرفت." گفتم: اگر چنین است، از شما سه روز مهلت می‌خواهم، سپس برای همگی بازگو خواهم کرد، اکنون زیبا را به شما می‌سپارم و از او می‌خواهم تا زمانِ بازگشتم سکوت اختیار کند، چون باید برای انجام کاری از شهر خارج شوم و پس‌از سه روز با ارمغانی رهایی‌بخش خواهم آمد که در باورتان نخواهد گنجید." زیبا گفت: "به همراهت خواهم آمد." گفتم: "من هم بسیار مشتاقم ولی نیازمندِ کوتاه‌ترین زمان، برای نتیجه گرفتن هستم و حضورت گرچه دلگرم‌کننده است ولیکن باعثِ از دست رفتنِ زمان خواهد شد که اکنون کیمیای حقیقی است؛ تو همین اندازه که این سه روز، لب فرو بندی و با سخن‌هایت اوضاع را تغییر ندهی، بزرگترین خدمت را در راهِ رسیدن به هدفمان کرده‌ای." زیبا پرسید: "به راستی تنهایم نخواهی گذاشت؟" در پاسخش گفتم: "اگر دلبسته و پایبندت نبودم که همان سالِ گذشته به تنهایی گریخته بودم، اکنون هم خیالت راحت باشد که خاطرت در جانم غوغای جوانی و جاودانگی دارد و هدفمان بدونِ یاری یکدیگر بی‌معناست؛ مگر وعده ندادی یاری رسانم باشی؟" زیبا پاسخم داد: "چنین است که می‌گویی، یاری رسانت خواهم بود؛ منتظرت می‌مانم." گفتم: "این سه روز؛ دیگران را از بازگشتِ ما آگاه کنید و به آن‌ها بگویید خواهم آمد با خبری بزرگ و ارمغانی رهایی‌بخش، برای این سه روز سه قرصِ نان مرا

کفایت می‌کند." آرش رو به مهوش کرد و گفت: "اکنون از انبارِ آذوقه سه قرصِ نان بگیر و با خود بیاور." مهوش گفت: "به دیدگان مِنَّت، در کوتاه‌ترین زمان بازخواهم گشت." در حالی‌که مهوش به راه افتاده بود، به آرش گفتم: "سه روزِ دیگر، شرایط را مُهَیّا کنید و مابینِ ظهر و شب تمام مردم را در میدانِ شهر گردِ هم آورید، به جمع‌تان ملحق خواهم شد تا ارمغان را عرضه کنم و همگی به شور بنشینیم." آرش گفت: "چنین خواهد شد." پس از لحظاتی چند، مهوش با سه قرصِ نان از راه رسید؛ به من داد و به تنهایی راهیِ کتابخانه‌ی مخفیانه‌ام شدم. پس‌از سه روز تلاش و مُهَیّا کردنِ آن‌چه می‌خواستم؛ به میدانِ اصلیِ شهر وارد شدم. آرش را بر بلندی دیدم که با همگی که پیرامونش بودند سخن می‌گفت. "خدای را هزاران سپاس که این شهر را به افتخارِ میزبانی از بی‌باکانِ سرزمینِ پارس برگزید تا تجلیگاهِ اراده‌ی مردم برای آزادی‌خواهی و مبارزه با سنگدلانِ مغول باشد . قریب به دو ماه از محاصره‌ی شهر می‌گذرد و ما همچنان به پایداری ادامه می‌دهیم و من به داشتن این چنین همراهانی بی‌باک افتخار می‌کنم." آرش با دیدنم به سمتم اشاره کرد، راهی از میان جمع گشودم و به نزدش رفتم و آرش ادامه داد: "همانطور که در این سه روزِ اخیر در جریانِ بازگشتِ طبیب محبوبِ شهر و همسرش قرار گرفته‌اید . اکنون گرد هم آمده‌ایم تا سخنانش را بشنویم؛ من هم، چونان شما بی‌خبرم و مشتاق تا بدانم چه ارمغانی برای رهایی در آستین دارد؛ آمده‌ایم تا بشنویم و به شُور بنشینیم و با هم تصمیم‌گیری کنیم؛ ولی قبل از آن بهتر دیدم که آخرین اخبارِ رسیده از جانبِ قاصدان را به اطلاع شما برسانم چرا که هیچ‌گاه چیزی نبوده که همگان از آن بی‌خبر باشند؛ و اما این‌گونه که از اخبارِ مختلف رسیده؛ همراه با آغازین روزهای سال ۶۵۳ هجری قمری، هولاکو خان برادرِ خاقانِ بزرگِ مغول پس از فتح بیشترِ شهرهای ایران و پیش از آن که به سمتِ مصر، لشکرکشی کند با لشکری بالغ بر کُرور کُرور جنگاور، قصدِ جور کرده؛ تا که این شهر را با خاک یکسان کند و مقاومت ما را در هم شکند؛ مبادا که به الگویی برای دیگر شهرها تبدیل گردیم؛ هدفم ترساندنِ شما یاران نیست؛ چراکه شما بی‌باکان، دست

از جان شسته‌اید و با ترس بیگانه‌اید؛ حال این شما و این پیروز، طبیبِ بزرگِ شهر." پس‌از استقبالِ مردم و دعوت به سکوتشان گفتم: "درود بر تمامیِ شما عزیزان که دل در گروِ آزادی دارید؛ یک سال پیش بود که من هم به سودای رسیدن به آزادی با همسرم زیبا از این شهر گریختم ولی نه آن‌گونه که شما تصور دارید؛ قبل از هرچیز، بگویم که من نه جادوگرم و نه برگزیده‌ای که برای هدایتِ شما آمده باشم؛ من تنها هزار سال بیش از هر آن کس که فکر کنید کتاب خوانده‌ام و برای رسیدن به آرزویی بزرگ که خواهم گفت، دست به کارِ ترکیب‌های مختلف از عناصر گوناگون زده‌ام؛ شما داستان‌های گوناگونی از من شنیده‌اید که بسیاری را با تک‌تکِ اعضا و جَوارِحَم لمس کرده‌ام و بسیاری را از میانِ کتاب‌هایی که خوانده‌ام برایتان بازگو کردم؛ یادتان هست از پَشوتَن گفتم که جامیِ شیر از دستِ زَردُشت نوشید و به زندگی جاوید رسید؟ یا از برگزیده‌ای به نامِ خِضر که سالیانِ دراز است در میان مردم، با گمنامی زندگی می‌کند؛ من هیچ کدامشان نیستم، ولی، معجونی ساختم و نوشیدم؛ اکنون که با شما سخن می‌گویم در حالی‌که همواره ظاهری چهل ساله دارم، بیش از هزار سال زندگانی کرده‌ام." غوغایی در میانِ جمع برپا شد و یکی از میانِ جمع گفت: "آیا به راستی چنین است که می‌گویی؛ یا این‌ها هم داستانی شیرین است از میانِ هزاران داستانت؟" دیگری گفت: "آیا این همان آرزوی بزرگت بود؟" به سکوتشان فراخواندم و گفتم: "این آرزوی بزرگم نبوده و نیست؛ در موردِ آن باز خواهم گفت؛ امّا پیش از آن، آهای مردم با شما هستم؛ آیا تاکنون از من دروغی شنیده‌اید؟ یا به ناموس و مالِ دیگری چشمِ طَمَع داشته‌ام؟ اصلاً از جانبِ من بدی به کدام یک از شما رسیده است؟" غوغایی دوباره در میانِ جمع برپا شد و یکی از میان جمع گفت: "به راستی چنین است که می‌گویی، ولیکن، پذیرفتن این سخن که اکنون بیش‌از هزار سال زندگانی داری کاری سخت دشوار است. گفتم: "ملالی نیست این سخن را برای همگی اثبات خواهم کرد؛ ولی پیش از آن باز هم می‌گویم، من نه جادوگرم و نه برگزیده‌ای که برای هدایت شما آمده باشد؛ من تنها هزار سال بیش از هر آن کس که فکر کنید کتاب

خوانده‌ام، حال یکی از میانِ شما نزدیک من شود و خنجری در قلبم فرو کند." غوغایی دوباره در میانِ جمع برپا شد و یکی از میانِ جمع گفت: "هیچ کدام از ما حاضر به چنین کاری نخواهد شد."

پیروز کمی صورت بهت زده فرهاد، مبینا و فریبا را نگریست که فقط گوش می داند و کلامی حرف نمی زندند. و ادامه داد.

- من در میان جمع مردم گفتم: "باز هم ملالی نیست، اکنون به خوبی بنگرید؛" سپس خنجری از کنارِ شالِ خود برکشیدم و به سرعت دستِ خود را در برابرِ دیدگانشان بریدم. برخی دستشان را سپر چشم‌ها کردند و برخی مات می‌نگریستند. گفتم: "دل آسوده باشید و به خوبی بنگرید." لحظاتی بعد به مرور زخمِ عمیق برطرف شد و دستم به حالتِ قبل بازگشت. باز غوغایی در میان جمع برپا شد و پچ‌پچه هایی از جادو و برگزیده. به سکوت دعوتشان کردم و گفتم: "به درستی خیال کرده بودم، باز هم می‌گویم، من نه جادوگرم و نه برگزیده‌ای که برای هدایتِ شما آمده باشم؛ من تنها هزار سال بیش از هر آن کس که فکر کنید، کتاب خوانده‌ام و این نتیجه‌ی ترکیب‌های مختلف از عناصر گوناگونی است که آزموده‌ام." یکی از میانِ جمع فریاد برآورد: "چه دست‌آوردِ بزرگی، خداوند را هزاران هزار شکر، اکنون ما هم می‌توانیم هم‌چون کوروش، پادشاه بزرگِ هخامنشی، سپاهی جاویدان بسازیم و تَقاصِ خون‌هایمان را از این مغولان خون‌ریز بگیریم؛" خندید و ادامه داد: "اصلاً چراکه نه، امپراتوری بزرگِ ایران را بازپس خواهیم گرفت." باز هم غوغایی در میانِ جمع برپا شد. فریاد برآوردم: "دست از اوهام بردارید، من به چنین کاری تن نخواهم داد، من از هرچه جنگ و خونریزی که زاییده‌ی نیاز است نِفرَتِ فراوان دارم؛ نیاز به زمین، نیاز به زن، نیاز به قدرت، نیاز به ثروتِ فراوان و هزاران نیازِ دیگر بلای جانِ آدمی شده‌است؛ اگر چنین می‌خواستم، هزار سال پیش به تنهایی، چنین کرده بودم و اکنون پادشاهِ مطلقِ زمین بودم." باز غوغایی در میان جمع برپا شد و یکی از میان جمع به آهستگی گفت: به زور از تو خواهیم گرفت. گفتم: "این فکرِ خام را از خاطرتان دور

کنید؛ نخست این‌که من در آموزشِ جنگاوری بسیار کوشیده‌ام، هیچ کدام از شما به تنهایی یا با هم حریفِ من نخواهید شد؛ تا همین اندازه بدانید که من و ارتَخشَتره یا همان اردشیرِ بزرگِ ساسانی، یک روح بودیم در دو قالب؛ اکنون که شمشیر هم در من بی اثر است، قدرتی افزون دارم؛ دیگر این‌که قبل از دست یافتن به من، یا همسرم، از دیده‌ها، پنهان خواهیم شد و هیچ‌گاه از ما نشانی نخواهید دید، همان‌گونه که پیش از این، من و زیبا از میانتان رفتیم."

پیروز ادامه داد:

- یکی از میان جمع با تلخ رویی فریاد برآورد: "پس برای چه ما را این‌جا گرد آورده‌ای؟ اصلاً تو از ما چه می‌خواهی؟" پاسخ دادم: "پیش از این به شما گفتم که مرا آرزویی بزرگ در سر بود؛ آدم‌هایی می‌خواستم بسازم که هیچ نیازی نداشته باشند و شهری که جز زیبایی نداشته باشد؛ فارغ از هرچه جنگ و پلیدی است؛ فارغ از هیچ حکمرانی که مالکِ دیگری باشد؛ اکنون پیش از هر زمان، گمان دارم که به این آرزوی دیرین در سرزمینی ناآشنا دست یافته‌ام؛ آن‌هم با کمکِ دوستانی به نام سیشما، حال از زیبا می‌خواهم که بالا بیاید و سفرمان؛ سرزمینِ سوچ و سخنانِ دوستمان سیشما را به شکلی کوتاه برایتان بازگو کند." زیبا به بلندی آمد و گفت: "درود بر شما مهربانان، هرچند به دل‌تنگیِ خانواده و دوستان‌مان بازگشته‌ایم ولی اینک خود را در میانِ دوستان و خانواده‌ای بزرگ می‌یابم که نمونه‌ای بی‌همتاست؛ ولی از آن شب بگویم که پیروز آمد و ابتدا قصد داشت به تنهایی از شهر بگریزد و به کتابخانه‌ی مخفیانه‌اش که بعد از سفر فهمیدم دارد، برود و برای سال‌ها پنهان شود، به‌تازگی فهمیدم کلّی از این‌ها داشته و به من نگفته،" سپس جواهرش را نشان داد و همگی به‌خصوص زن‌ها با حیرت نگریستند. گفتم: "این سخنان را برای بعد بگذار، اکنون از رفتن‌مان بگو." زیبا ادامه داد: "یادم رفته بود؛ جایی که قرار است برویم هرچه بخواهیم هست، می‌گفتم که پیروز می‌خواست تنها برود، نمی‌دانم دلش به حال گریه‌هایم سوخت یا

علاقه‌مندم بود که نرفت؛ خودش که می‌گوید علاقه‌مندم بوده؛ بگذریم؛ قطره‌ای معجون در دهانم انداخت، چشم‌هایم بسته شد؛ وقتی که چشم‌هایم را باز کردم به تنهایی در سرزمینی ناآشنا، میانِ درختچه‌هایی مثل هم بودم، راستش را بخواهید ابتدا بسیار ترسیدم و همین طور اشک بود که از چشمانم بیرون می‌آمد؛ پس از چندی دیدم بی‌فایده است، تصمیم گرفتم به دنبالِ کسی یا سرپناهی بگردم، هرچه گشتم هیچ نبود غیر از همان درختچه‌های یکسان، از میانشان درختِ بلندی دیدم، به سمتش رفتم؛ ناگهان صدایی گفت: تو کیستی؟ از کجا آمده‌ای؟ به شدّت ترسیده بودم و اطراف را به دنبالِ صدا می‌گشتم؛ میانِ گریه‌هایم گفتم از شهر جور آمده‌ام؛ تنها هستم و بی‌دفاع؛ به خاطرِ خدا هم که شده کاری با من نداشته باش؛ هم‌چنان اطراف را به دنبالِ صدا می‌نگریستم؛ ناگهان صدا دوباره گفت: دنبال چه می‌گردی؟ صدا از سمتِ درخت بود؛ همین‌طور که اشک‌هایم را پاک می‌کردم سعی کردم شاخه‌هایش را ببینم؛ شاید آنجا نشسته باشد ولی هیچ کس نبود؛ اطرافِ تنه‌ی درخت چرخیدم؛ کسی نبود؛ خیال کردم از تنهایی دچارِ اوهام شده‌ام؛ با خود گفتم شاید کسی در میانِ تنه‌ی درخت پنهان شده؛ به آرامی به سمتِ درخت رفتم و با دست چند ضربه به درخت زدم؛ ناگهان شاخه‌ای از درخت به سمتم آمد و به آرامی من را عقب راند و گفت: مگر بیماری؟ چرا مرا می‌زنی؟ مگر من تو را زده‌ام؟ با تعجّب پرسیدم: یعنی تَوَقُّع داری باور کنم تویی؟ گفت: مگر به غیر از من کسی می‌بینی؟ گفتم: نه گفت: پس چه می‌گویی؟ نگفتی چه‌طور آمده‌ای؟ داشتم برایش می‌گفتم که پیروز هم سررسید و با حیرت دریافت که با درخت سخن می‌گویم." اشاره‌ای به زیبا کردم و گفتم: "زیبای من قرار شد کوتاه بگویی؛ زمان کم است، بعد سرِفرصت از سیر تا پیازِ ماجرا را بگو." زیبا گفت: "از آن شب که رفتیم نیازی به خوردن، نوشیدن، خواب، مُستراح یا حتّی شستنِ خودمان در آن سرزمین نداشتیم؛ فقط گشتیم و تفریح کردیم و از باهم بودنمان لذّت بردیم؛ حتّی جامه‌هایمان هم چون روزِ نخست بود؛ فقط دلتنگی آزارمان می‌داد که باعث شد؛ تصمیم گرفتیم بازگردیم و برای خداحافظی نزدِ دو درختِ سیثما

رفتیم." درخت دوّم گفت که ما هنوز به رازِ بزرگِ آن سرزمین دست نیافته‌ایم؛ در آن سرزمین، مکانی به بزرگی هزاران هزار زمین است و هرچه بخواهید در کوتاه‌ترین زمان ممکن در اختیارمان خواهد بود فقط کافی است بخواهیم؛ فکرش را بکنید تا ابد می‌توانیم هم‌سفر باشیم؛ در حالی‌که هرچه اراده کنیم در چشم برهم زدنی مُهَیّا خواهد شد؛ تصمیم گرفتیم بازگردیم و خانواده، دوستان و آشنایان را با خود ببریم و تا ابد به خوشی در کنار هم باشیم؛ اینک تمامی شما خانواده‌ی من هستید؛ راستی پیروز پدر و مادرم چه می‌شوند؟" پاسخش دادم: "بگذار تکلیفِ این جمع روشن شود به آن‌ها هم خواهیم رسید." باز غوغایی در میانِ جمع برپا شد و پچ‌پچه هایی از رفتن و نرفتن.

پیروز لیوان آبی از روی میز برداشت و کمی آب نوشید. مدت ها بود احساس تشنگی را تجربه نکرده بود اما حالا احساس میکرد که چقدر تشنه است. و بعد از نوشیدن آب ادامه داد

- به سکوت دعوتشان کردم و گفتم: "اندکی صبر کنید و آن‌گاه به شور بنشینید، من هیچ‌گاه از شما نخواهم خواست که به اجبار، هم‌سفرمان شوید؛ اینک با آن‌چه از لشکرکشیِ بزرگِ مغولان به این سمت شنیدم؛ شما چند راه در پیش دارید که به اختیار یکی را برگزینید؛ نخست این‌که از راهِ مخفی از شهر بگریزید ولی یقین بدانید که مغولانِ بدکردار، تا تک‌تکِ شما را نیابند و به قتل نرسانند، دست نخواهند کشید، این درسی است که در گذرِ زمان از امثالِ این‌ها گرفته‌ام، حتّی اگر هم چنین نشود؛ بازهم ننگِ فرار تا لحظه‌ی مرگ بر پیشانیِ شماست." غوغایی در میانِ جمع برپا شد و پچ‌پچه‌هایی از گریختن یا ماندن، یکی از میانِ جمع گفت: "راه دیگر چیست؟" در پاسخش گفتم: "دوّمین راه این است که از همان راهِ مخفی، آذوقه فراهم کنید و تا آخرین نفس بجنگید و با افتخار کشته شوید." به مرور چند نفر شروع به گفتن کردند و سپس اکثر افراد، همراهی کردند که: "با افتخار می‌میریم، ننگ را نمی‌پذیریم و نام‌مان جاودانه خواهد شد." دستانم را بالا بردم و به سکوت دعوتشان کردم و گفتم: "امثالِ شما را هم دیده‌ام، تا چند سال نام‌تان

به نیکی خواهد بود؛ لیکن خیلی زودتر از آن‌چه می‌اندیشید از خاطره‌ها خواهید رفت." یکی از میانِ جمع پرسید: "پس چه کنیم؟" گفتم: "دیگر راه این است که، پس از چند روز یا چند هفته آشی حاوی یک معجون تدارک خواهم دید که با خوردنِ آن از دیده‌ها پنهان شوید و بر لشکرِ مغولان بتازید و پیروزِ میدان باشید." باز غوغایی در میانِ جمع برپا شد و پِچ‌پِچه‌هایی از شدن یا نشدن، یکی از میان جمع گفت: آیا به راستی چنین چیزی امکان‌پذیر است؟ گفتم: "شک نکنید که چنین خواهد شد ولیکن ایرادِ بزرگی دارد." یکی از میانِ جمع پرسید: "چه ایرادی؟" گفتم: "ایرادِ بزرگِ آن این است که برای همیشه لشکری هستید که دیده نمی‌شود و از شهر محافظت می‌کند؛ توانِ بازگشتن به شکلِ قبل یا حتّی رفتن به جاهای دیگر را نخواهید داشت." پِچ‌پِچه به جانِ جمع افتاد و در پایان یکی گفت: "این که یعنی ارواحِ سرگردانِ جور خواهیم شد، نه؛ اصلاً فکرِ خوبی نیست." دیگری پرسید: "آیا راه دیگری هم هست؟" گفتم: "و اما آخرین راه این است که به شما معجونی خواهم داد تا با یکدیگر هم‌سفر شویم و تا آبَد از زندگی لذّت ببریم، هر لحظه هم که اراده کنید می‌توانید با خوردنِ معجونی به همین جا برگردید و زندگی عادی خود را پیگیری کنید ولی دیگر عمرتان جاویدان نخواهد بود، حال شما را به خدا می‌سپارم و با زیبا بر بلندای باب هرمز می‌روم، همان دروازه‌ای که به سمتِ آتشکده و قلعه‌ی دختر باز می‌شود؛ هنگامِ غروب منتظرِ هم‌سفران هستم؛ به هر حال من و زیبا عزم سفر کرده‌ایم چه در کنارِ شما عزیزان و چه محروم از حضورتان؛ حال به شور بنشینید و تصمیم خود را بگیرید." در حالی‌که پِچ‌پِچه به جانِ جمع افتاده بود، دستِ زیبا را گرفتم؛ از بلندی پایین آمدیم و به سمت بابِ هرمز رفتیم. در راه، از زیبا خواستم که خود را از مقابلِ دیدِ مغولان پنهان کند و تنها نظاره‌گر باشد، چراکه اکنون عمرِ جاویدان ندارد، سپس به بلندای بابِ هرمز رفتیم و خود را به مغولان نشان دادم؛ چندین تیر به سمتم پرتاب شد؛ چند تیری که بر بدنم نشسته بود را بیرون کشیدم و خون‌آلود به طرفشان انداختم و گفتم: "تا هزار سال دیگر هم به من تیر بزنید، نخواهم مُرد؛ با شما هم سَرِ جنگی ندارم؛ فقط از شما می‌خواهم

سخنانم را بشنوید و به فرمانده‌ی خود برسانید." یکی از مغولان پرسید: "مگر چنین چیزی ممکن است؟" گفتم: "نیازی به اثباتِ سخنم ندارم؛ جادوگر هم نیستم، ولی خودتان بنگرید و آن‌گاه؛ تنها به سخنانم گوش دهید؛" سپس دستم را بریدم و مغولان بهبودیافتنش را دیدند. سپس گفتم: "من علاقه‌ای به جنگ و خونریزی ندارم وگرنه لشکری این چنین، جاویدان می‌ساختم و نه تنها شما، بلکه نسل‌تان را از روی زمین برمی‌داشتم؛ اکنون تنها از شما یک چیز می‌خواهم و فردا، شهر را به شما می‌سپارم؛ از شما می‌خواهم امشب را به صلح بگذرانید و فقط نظاره‌گر باشید؛ از جانبِ ما هیچ گَزَندی به شما نخواهد رسید." هنگامِ غروب بر بلندای بابِ هرمز درست در مقابلِ دیدگانِ مغولان ۷۲۹ زوجِ جوان به همراهِ نوجوانی ده ساله که از آغاز به اصرارِ فراوان در شهر مانده بود؛ یکی‌یکی سلاح‌های خود را زمین گذاشتند، قطره‌ای معجون نوشیدند و به نوری سرخ تبدیل شده و به آسمان رفتند. نشانیِ راه مخفی را که از قبل نشانه‌گذاری کرده بودم به تعداد معدودی که باقی‌مانده بودند، دادم؛ از آن‌ها خواستم که هرچه سریع‌تر بگریزند و تا می‌توانند از شهر جور دور شوند، به هیچ عنوان از اتّفاقاتی که دیده‌اند، هیچ نگویند چراکه از نظرِ مردم مجنون نامیده خواهند شد. بعد هم ابتدا زیبا و سپس خودم قطره‌ای معجون نوشیدیم و به سوی سیّاره‌ی سوچ رفتیم.

مبینا رو به فرهاد می‌کند و می‌پرسد:

- دایی جان یادت هست چیزی در موردِ متروکه شدنِ ناگهانیِ شهرِ جور از ویکی‌پدیا گفتم؟ به نظرت دلیلش همین نیست؟

در حالی‌که فرهاد، به فکر فرو رفته بود؛ پیروز از مبینا پرسید:

- ویکی‌پدیا دیگر کیست؟

مبینا:

- کیست نه چیست؛ به زودی خواهی فهمید.

فرهاد:

- بعید به نظر نمی‌رسد؛ شاید هم، مغولان با دیدنِ نورهایی که به آسمان می‌رفته و مردمی که ناپدید می‌شده‌اند؛ دچارِ سردرگمی شده بوده‌اند؛ فردا هم که شهر را مترو که دیده‌اند؛ حتماً ترسِ ناشناخته‌هایی که در شهر هستند به جانشان افتاده است؛ بهترین راهکار را این دیده‌اند که پس از تاراجِ هرچه در شهر مانده بوده و تخریبِ برخی نقاط از جمله دروازه‌ها و حصارِ شهر به سمتِ لشکر هولاکو بروند تا به برادرِ خاقانِ بزرگ گزارش دهند.

مبینا:

- بله ممکن است؛ ولی چرا مردم به شهر برنگشته‌اند؟

فریبا پاسخ داد:

- شک نکن تعدادی از کسانی که گریخته بودند، زیرِ زبانِشان لَق بوده و چیزهایی گفته‌اند.

فرهاد:

- درست است؛ همین است؛ بعد یک کلاغ، چهل کلاغ شده، به لشکرِ جِنّ و پَریزاد رسیده و ارواحِ پلید؛ مردم هم از ترسِ ناشناخته‌هایی که در شهرِ جور ساکن شده‌اند، هیچ‌گاه به این شهر نیامده‌اند و شهر متروکه شده است.

فریبا از پیروز می‌پرسد:

- مگر معجونی که خودت خوردی با دیگران فرق داشت؟

پیروز:

- نه؛ منظورت چیست؟

فریبا:

- آخر تو به تنهایی آمده‌ای و دیگران با تو نیستند.

فرهاد می‌خندد و می‌گوید:

- فریبا جان اسم خوردن آوردی، فکر ناهار هم هستی؟

فریبا:

- من هم می‌خواهم بشنوم؛ امروز غذای حاضری بخورید.

می‌خندد و ادامه می‌دهد:

- اصلاً به دعوتِ فرهاد جان؛ رستوران می‌رویم.

فرهاد:

- همین مانده که عیالِ مربوطه‌ام خبر دار شود خواهرم را به رستوران برده‌ام و آن‌ها را نبرده‌ام.

فریبا:

- خوب به آن‌ها هم بگو بیایند.

فرهاد:

- آن هم به روی چشم.

پیروز:

- رستوران؟

مبینا:

- به زودی خواهی فهمید.

پیروز:

- این گونه عذاب‌آور است؛ تا کنون این حجم از نادانی بر دوشم نبوده است و این عذابی گران است.

مبینا:

- مگر نمی‌خواهی زودتر به یاری همراهانت بروی؟

پیروز:

- چنین است.

مبینا:

- پس کمی تحمّل کن؛ من که هرچه فکر می‌کنم غیر از معجون باید دلیلِ دیگری داشته باشد؛ سرگذشتت را ادامه بده شاید فهمیدیم.

پیروز:

- پس از آن‌که چشم گشودم خودم را در حلقه‌ی بی‌باکانِ جور یافتم؛ زیبا که در کنارِ مهوش ایستاده بود، گفت: "خودش هم آمد، به زودی تکلیفِ همگی روشن خواهد شد." گفتم: "همگی به سلامت رسیده‌اند؟" آرش گفت: "آری بدونِ کم و کاست این‌جا هستیم." پرسیدم: "مشکلی پیش نیامده؟" مهوش گفت: "نه، فقط چند نفر به تازگی بی‌هوش شده‌اند." پرسیدم: "کجا هستند؟ نشانم دهید." پس از دیدنشان گفتم "خیلی زود از زیرِ سایه‌ی درختچه‌های ساویچ بیرون بکشیدشان." چند نفر سریع آن‌ها را بیرون کشیدند و آن‌ها پس‌از اندکی، آرام آرام به هوش آمدند، سپس همگی را مورد خطاب قرار دادم و گفتم: "از این پس ما را با هیچ سایه‌ای اُلفَتی نیست، از سایه‌ها دوری کنید و با نور همراه باشید، تمامی ما با نور زنده‌ایم تا آن زمان که سیشما راهکارِ آن را بگوید؛ اندکی مجال می‌خواهم تا بدانم به کدام سو حرکت کنیم؛" کمی اطراف را نگریستم و گفتم: "با من همراه شوید تا نزدِ سیشما برویم." به راه افتادم و دیگران در پی من روان شدند؛ ساعتی بعد در مقابل درخت ایستاده بودیم، رو به سیشما کردم و گفتم: "این هم از درودی دیگر که وعده داده بودم، درود بر دوستِ خوبمان سیشما؛ اکنون زمان آن رسیده است که راهِ رسیدن به رازِ بزرگِ سیّاره‌ی سوچ را نشان‌مان دهی." درختِ سیشما که بسیار شادمان به نظر می‌رسید گفت: "فقط ایر می‌داند که تا چه اندازه از دیدارتان خوشنودم؛ از همه بدتر غُر زدن‌های همسرم بود که من را مُقصّر می‌دانست که عرضه‌ی نگه داشتنِ زیبا و پیروز، هم زبان‌های دوست داشتنی را نداشته‌ام، اکنون زمان آن رسیده که بازگشتِ شما را شادمان به او بگویم و از خوشنود بودنش سرمست شوم، چه عجله‌ای دارید، بگذارید چند روزی من و همسرم از دیدارِ دوباره‌ی شما سیراب شویم و نام تک‌تکِ همراهانت را بدانیم." گفتم: "بدون شک پس‌از دانستنِ رازِ بزرگِ سیّاره‌ی

سوچ؛ قبل از رفتن، روزهای بسیاری را با شما گرم گفت‌وگو خواهیم شد؛ اکنون عجله‌ای برای شروع سفر به درونِ سیّاره‌ی سوچ در کار نیست؛ ولی بهتر است هم‌اکنون راهِ رسیدن به رازِ بزرگِ سیّاره‌ی سوچ را نشان‌مان دهی تا هم‌سفرانِ من آرام گیرند و قصدِ بازگشت نکنند." سیشما گفت: "اکنون که عجله دارید، چاره‌ای نیست؛ شخصی کوچک اندام از میانِ خود برگزینید، تا از من بالا بیاید؛ مراقبش هستم و به او خواهم گفت چه کند." پسرِ ده ساله به تندی جلو آمد و گفت: "من از همگی کوچک‌ترم." سیشما گفت: "آفرین بر تو، نامت چیست؟" پسر پاسخ داد: "شاپور" سیشما گفت: "شاهزاده را شنیده بودم؛ شاپور به چه معناست؟" گفتم: "شاپور همان شاهپور به معنای فرزندِ شاه است، شاهزاده و شهزاده هم می‌گویند." سیشما از شاپور پرسید: "یعنی تو فرزندِ شاهی؟" من در پاسخش گفتم: "نه، تنها یک نام است." سیشما از من پرسید: "یعنی تقلّبی است؟ شاهزاده نیست؟" گفتم: "نه؛ تنها یک نام است، بسیاری این‌گونه نام دارند." سیشما شاخه‌اش را به سمتِ شاپور پایین کشید و گفت: "بگذریم، شازده کوچولوی بزرگ جُرأت؛ شاخه‌ام را بگیر و با کمک آن بالا بیا." شاپور شاخه را گرفت و به تندی خود را بالا کشید؛ طولی نکشید که با هدایتِ سیشما بر فراز درخت؛ مشغولِ برچیدنِ چیزی شده بود که از پایین به خوبی دیده نمی‌شد؛ زمانِ زیادی سپری شد، شاید هم به دلیلِ انتظارمان چنین به نظر رسید، به هرحال، شاپور در حالی‌که دستارِ سرش را از چیزی انباشته بود، پایین آمد. سیشما گفت: "اکنون همگی به ترتیب نزدیک شاپور شوید و هرکدام دانه‌ای بردارید و به دقّت پیش خود نگه دارید تا بعد بگویم چه کنید." لحظاتی بعد همگی با دانه‌ای در دست؛ سیشما را نظاره می‌کردیم و در انتظارِ گفتارش بودیم. سیشما گفت: "پوستِ دانه را بازکنید و مغزش را بیرون آورید؛ پس‌از آن‌که من سه چیز پشتِ سرِ هم گفتم؛ همگی با هم در دهان بگذارید و شروع به جویدن کنید؛ دانه‌ای بسیار شیرین و لذّت بخش است، فقط لازم است که بدونِ تردید همگی با هم رفتار کنید؛ در غیر این‌صورت هرگز به آن‌چه می‌خواستید دست پیدا نخواهید کرد." لحظاتی بعد سیشما گفت: "همگی

آمادگیِ رفتن به سفری طولانی و لذّت‌بخش را دارید؟" همگی مشتاقانه تَأیید کردند. سیشما گفت: "بسیار عالی؛ همگی با هم پس از شنیدنِ سومینِ کلمه؛ اُردی، بُردی، بِباره خوردی؛ آفرین بر همگی، می‌بینید چه طعمِ دلپذیری دارد؛ آهای بچّه اسمت چه بود؟ یادم آمد؛ شاپور تو هم" .... تا همین جا که شنیدم به یک باره خودم را این‌جا، در این لباس‌های زار و نزار دیدم و بعد هم که با شما سخن گفتم و اکنون دلواپسِ یارانم هستم که کجا هستند و چه می‌کنند.

مبینا:

- یعنی از سوچ تنها همین را می‌دانی؟

پیروز:

- آری هر آنچه بود را بی کم و کاست گفتم.

مبینا:

- پی‌ها و زی‌ها؟ دیوارِ بلندی که سوچ را به دو نیمه‌ی راست و چپ تفکیک کرده بود؟

پیروز:

- در سوچ دیواری نیست؛ پی و زی دیگر چیست؟

فرهاد:

- جالب است؛ بعد از خوردنِ آب سیب همه‌ی چیزهایی که قبلاً گفته بود را فراموش کرد؛ اگر آب پرتقال بخورد حتماً پیروز را هم نمی‌شناسد.

مبینا:

- آفرین دایی جان؛ همین است.

فرهاد:

- چی؟ آب پرتقال؟

مبینا:

- نه، فراموشی

پیروز:

- فراموشی؟ ولی من هیچ چیز از خاطرم نمی‌رود.

فریبا:

- یعنی آلزایمر گرفته؟ این که سنی ندارد.

پیروز:

- آلزایمر؟

فریبا:

- بیماری فراموشی.

پیروز:

- خِرِفت شدن را می‌دانم ولی من هیچ نشانه‌ای از خِرِفتی در خود نمی‌بینم و نیاز به خِرِفت‌خانه هم ندارم.

فرهاد:

- خِرِفت‌خانه دیگر چیست؟

پیروز:

- جایی خارج از آبادی، این گونه افراد را تا پایانِ عمر رها می‌کنند، من این کار را نمی‌پسندم و برای بهبودِ آن همیشه در تلاشم، به همین دلیل در شهرِ جور و آبادی‌های نزدیک مرسوم نیست ولی خبر آن از آبادی‌های دورتر به گوشم رسیده است.

مبینا:

- ولی منظور من آلزایمر نبود.

فریبا:

- پس چه می‌گویی؟

مبینا:

- عمو پیروز گفت که پس از جویدنِ مغزِ دانه‌های شیرینِ سیشما این‌جا بود.

فرهاد:

- خوب؟ منظور؟

مبینا:

- به احتمال زیاد، او با خوردن آن گذشته را فراموش کرده و چیزی در حدود ۸۰۰ سال در این حال بوده.

پیروز:

- کمی پیش از آمدنم به اینجا بود؛ چگونه ممکن است؛ یعنی حدودِ ۸۰۰ سال پیش خورده‌ام؟

فرهاد:

- پس چگونه این همه از گذشته‌های دور گفت؟

پیروز:

- من تنها سخنانِ کوتاهی از عمرم بر زبان راندم تا از حوصله‌ی شما خارج نباشد؛ چیزی نزدیک به هزار سال از زندگانی‌ام را نگفتم و لحظه به لحظه‌ی آن در خاطرم هست از جانشینِ اردشیرِ بابکان گرفته تا فتحِ این سرزمین به دستِ هلاکوخان مغول، اگر بخواهم مهم‌ترین وقایع را بازگو کنم به سال‌ها زمان نیازمندیم.

مبینا:

- هر چه فکر می‌کنم، چیزی جز این که گفتم، نمی‌تواند باشد.

فریبا:

- دخترم هرچه می‌گویی درست، پس چطور این همه از گذشته می‌داند؟

مبینا:

- نمی‌دانم شاید چیزی باعث شده......؛ بله همین است؛ آب سیب.

فرهاد:

- آب سیب؟ چه ربطی دارد؟

مبینا:

- دایی یادت هست قبل از این که به زور، آب سیب را به پی۳۰۰ بدهی چه گفت؟

فرهاد:

- گفت اگر بخورم به نفرینِ سیر دچار خواهم شد یا چیزی شبیه به این؛ باز هم نمی‌فهمم چه ربطی دارد؟

مبینا:

- دقّت کرده بودید پی۳۰۰ وقتی چیزی نمی‌دانست، سکوت می‌کرد و دست بر پیشانی می‌گذاشت؟

فریبا:

- من هم متوجّه شده بودم، فکر می‌کردم درحالِ فکر کردن است یا سرش درد می‌کند.

مبینا:

- نه، برگِ سیشما با او حرف می‌زد، به احتمالِ زیاد، تا پیش از خوردنِ آب سیب؛ برگِ سیشما؛ یا خودِ سیشما همه چیز را با چشمانِ پی۳۰۰ می‌دیده، اگر دقّت کرده باشید؛ پس از پیروز شدن دیگر دست بر پیشانی نمی‌گذارد.

فرهاد:

- چه می‌گویی؟ فیلمِ تَخیُّلی زیاد می‌بینی دایی؟

مبینا:

- اگر اشتباه نکرده باشم، پشتِ همه‌ی این وقایع سیشما است.

پیروز که ساکت نشسته بود و به سخنان آن‌ها به دقّت گوش می‌داد و فکر می‌کرد، پرسید:

- چه می‌خواهی بگویی دخترم؟

مبینا:

- به احتمالِ زیاد بر خلافِ تَصَوری که از سیشما داری، تو را فریب داده.

پیروز:

- چه فریبی؟

مبینا:

- سیّاره‌ی سوچ هیچ رازِ بزرگی نداشته، دروغ گفته تا تو و زیبا را در سوچ نگه دارد.

پیروز:

- چرا؟

مبینا:

- تا دلِ درختِ سیشمای دیگر که می‌گفتی همسر او است را به دست آورد.

پیروز:

- ولی او برای سفرمان آرزوی سلامتی کرد و ما را رها کرد.

مبینا:

- این رهایی به دلیلِ طَمَع بود و گرنه همان لحظه با خوراندنِ مغزِ دانه‌های شیرینِ خود با تو و زیبا چنین می‌کرد.

فرهاد:

- طمع؟ طمع به چه؟

مبینا:

- هدیه‌ای بزرگتر برای همسرش.

فریبا:

- هدیه‌ای بزرگتر؟

مبینا:

- بله، وقتی که زیبا از بازگشتنِ دوباره با خانواده و دوستان‌شان گفت آتشِ این طمع به جانِ سیشما افتاد و برای گفتنِ رازِ بزرگِ سیّاره‌ی سوچ شرط گذاشت.

پیروز:

- اگر این گونه بود بلافاصله بعد از دیدنِ ما اقدام می‌کرد؛ ولی او می‌گفت چند روزی را در سوچ گردش کنید تا بیشتر آشنا شویم.

مبینا:

- بله همین است او می‌خواسته در این چند روز نام و کردارِ تک‌تکِ شما را بشناسد و با شنیدنِ سخنانِ شما از زمین بیشتر بداند ولی به محضِ شنیدنِ سخنی که بوی تردید یا بازگشتن می‌داده، دست به کار شده.

پیروز:

- بله ممکن است، به او گفتم، بهتر است هم‌اکنون راهِ رسیدن به رازِ بزرگِ سیّاره‌ی سوچ را نشان‌مان دهی تا هم‌سفرانِ من آرام گیرند و قصدِ بازگشت نکنند.

مبینا:

- همین است پس از شنیدنِ این حرف؛ از ترسِ بازگشت شما و غُر زدن‌های همسرش به سرعت نقشه‌اش را عملی کرده.

فریبا:

- چه نقشه‌ای؟

مبینا:

- خوراندنِ مغزهای شیرینِ دانه‌هایش و بعد هم فراموشی آن‌ها.

فرهاد:

- که چه شود؟

مبینا:

- معلوم است که همگی آن جا بمانند

پیروز:

- تمامِ سخن‌هایی که دخترم گفت تردیدی بزرگ در جانم افکنده است، چگونه می‌توان از این تردید رهایی یافت؟

لحظاتی چند به سکوت سپری شد و سپس مبینا گفت:

- فهمیدم برگِ سیشما.

فرهاد:

- برگِ سیشما؟

مبینا:

- بله، او همه چیز را روشن خواهد کرد، باید هرچه زودتر پیدایش کنیم؛ اگر اشتباه نکرده باشم خطری بزرگ پیروز را تهدید می‌کند.

فریبا:

- چه خطری؟

مبینا:

- اگر سیشما با چشمانِ پیروز وقایع را دیده باشد، دنبالِ چاره‌ای خواهد بود تا کردارِ بدش پنهان بماند.

فریبا:

- از چه کسی؟

مبینا:

- از دیگران که در سوچ هستند.

فرهاد:

- مثلاً یک درخت چه کار می‌تواند بکند که تهدید باشد؟

مبینا:

- نمی‌دانم شاید پی۳۰۱ یا دیگری را برای از میان برداشتنِ پیروز یا فراموشی او بفرستد و مأموریتش را او دنبال کند

لختی بعد صدای زنگ؛ سکوت را در هم پیچید، مبینا به سمتِ آیفون رفت، گوشی را برداشت و پاسخ داد:

- بله بفرمایید؟
- با پی۳۰۰ کار دارم؛ بگویید بیرون بیاید.
- چشم الان.

فرهاد:

- کیست؟

مبینا گوشی را گذاشت و گفت:

- یکی با لباس سرباز؛ می‌گوید با پیروز کار دارد، بگویید بیرون بیاید.

پیروز رو به فریبا کرد و پرسید:

- پس از آن صدا، آن‌جا مبینا با چه کسی حرف زد؟

فریبا:

- با آیفون.

پیروز:

- آیفون؟

فرهاد:

- فعلاً برو دربِ حیاط با تو کار دارند، برگشتی به تو خواهم گفت.

پیروز برخاست و به حیاط رفت لحظاتی بعد گوشیِ فرهاد زنگ خورد و فرهاد پاسخ داد:

- بله بفرمایید......... الان؟

گوشی را خاموش کرد و با عجله به سمت حیاط دوید، فریبا و مبینا هم به دنبال او به حیاط آمدند، لحظاتی بعد پیروز و فرهاد سرباز را کشانده و به درونِ حیاط آوردند.

فریبا:

- با سرباز چه کار داری؟ دردسر کم داریم؟

فرهاد:

- سرباز نیست

مبینا:

- از کجا فهمیدی؟

فرهاد:

- خودشان زنگ زدند، فعلاً بندی، شالی، چیزی بیاور

مبینا به سمتِ داخل بازگشت.

*****

دقایقی بعد؛ سرباز دست و دهان بسته درونِ خانه بود و فرهاد مشغول سخن‌گفتن با گوشی؛ پیروز هم با حیرت او را می‌نگریست.

- چشم حتماً مراقب هستیم.

فرهاد گوشی را خاموش کرد و پیروز از او پرسید:

- این چیست؟ با چه کسی حرف می‌زدی؟

فرهاد:

- تلفنِ همراه، کارِ خوبی نیست، وقتی کسی در حالِ صحبت با تلفن است، کنجکاوی کنی.

پیروز:

- تلفن همراه؟

مبینا:

- وسیله‌ی جدیدی که با آن از راه دور با یکدیگر حرف می‌زنند یا همدیگر را می‌بینند.

پیروز:

- چگونه؟

مبینا به سمتِ حیاط می‌رود، در حالی‌که با دایی تماسِ تصویری برقرار کرده است، می‌گوید:

- دایی جان جواب بده

فرهاد ارتباط را برقرار می‌کند و گوشی را به سمت پیروز می‌گیرد و می‌گوید:

- این جوری

مبینا:

- سلام عمو پیروز منم مبینا؛ الان کنارت بودم، متوجّه شدی؟

سپس ارتباط را قطع می‌کند و به داخل می‌آید.

پیروز با حیرتی تمام ناشدنی میخکوب به گوشی می‌نگرد و بعد از لختی سکوت می‌گوید:

- خدای من حتّی جمشید هم جامِ جهان نمایی این چنین نداشت، چگونه ممکن است؟ شما خانواده‌ی سلطنتی هستید؟

مبینا:

- باز هم همان سؤال همیشگی، گفتم که نه، بیشترِ مردم گوشیِ تلفنِ همراه دارند.

پیروز کنار دیوار بر زمین می‌نشیند و پس از لحظاتی پشت سر هم سرش را به دیوار می‌کوبد

فرهاد:

- چرا چنین می‌کنی؟ دیوانه.

پیروز:

- نزدیک به ۸۰۰ سال بی‌خبری را چگونه جبران کنم، وای بر من، چگونه؟
چگونه؟ چگونه جبران کنم این حجم از نادانی را، باید از همین‌اینک دست به
کار شوم؛ نه؛ ابتدا باید یارانم را رهایی دهم، وای بر من، چگونه؟

مبینا:

- عمو پیروز نگران نباش، کمکت می‌کنیم.

فریبا:

- دخترم راست می‌گوید، تا جایی که در توان داشته باشیم کمکت می‌کنیم؛
به خودت ظلم نکن.

مبینا:

- ناراحت نباش هم یارانت را رهایی می‌بخشی و هم راهی نشانت می‌دهم که
در مدّتِ کوتاهی همه چیز را بفهمی، بلند شو اکنون وقتِ ناامید شدن نیست
باید دست به کار شویم.

فرهاد:

- آری؛ قبل از هرچیز باید بفهمیم این سرباز کیست و از کجا آمده.

پیروز:

- آرش هست، برادر زنم.

مبینا:

- خودش گفت؟

پیروز:

- نه خودش می‌گوید پی ۳۲۰ است. من به محضِ دیدنش خوشحال شدم و
به آغوش کشیدمش و گفتم: درود بر آرش جان. ولی او به خشکی پاسخم
داد: پی ۳۲۰ هستم و سیشما من را برای نجاتِ تو از نفرینِ ایر فرستاده است.

-   سپس دستم را کشید و به زور با خود می‌برد که فرهاد آمد و با کمکِ هم او را به این‌جا آوردیم.

فریبا:

-   حالا چرا چشم و گوشش را به این محکمی بسته‌اید؟

مبینا:

-   تا سیشما نه ببیند و نه بشنود.

فرهاد با خنده رو به فریبا می‌کند و می‌گوید:

-   جانِ برادر یک لیوان آب‌سیب زحمتش را بکش؛ به زودی آرش خواهد شد.

لحظاتی بعد فریبا لیوانِ آب سیبی را به فرهاد داد و او به سمتِ پی۳۲۰ رفت؛ ناگهان مبینا گفت:

-   نه صبر کن!

فرهاد:

-   چرا دایی؟

مبینا:

-   آرش؛ مشکل ما را حل نمی‌کند ما به پی۳۲۰ نیاز داریم.

فریبا:

-   چرا مامان؟

مبینا:

-   برای یافتنِ برگِ سیشما؛ پی۳۲۰ می‌داند کجاست، آرش نمی‌داند یا بهتر است بگویم آرش هم مثل پیروز، پی بودنش را فراموش می‌کند.

فریبا:

-   پی۳۲۰ که با ما همکاری نمی‌کند، چگونه می‌خواهی او را راضی به این کار کنی؟

مبینا لیوان آب سیب را از فرهاد گرفت و یک نفس سرکشید، خنده‌ای کرد و گفت:

- باید فراموشیِ من هم خوب شود، نمی‌دانم؛ باید فکر کنیم.

فرهاد رو به فریبا می‌کند و لبخندزنان می‌گوید:

- نازنینِ برادر فکر می‌کنم من هم فراموشی گرفته‌ام؛ ولی نه بیشتر چشمم کم سو شده، کجایی خواهر جان؟

فریبا می‌خندد و می‌گوید:

- چشم، الان برای همگی آب هویج بستنی درست می‌کنم شکمو.

پیروز:

- می‌توانم ببینم با دستگاه، چگونه آبِ هویج را می‌گیری؟ بستنی چیست؟

مبینا:

- بیا برویم تا وسایلِ آشپزخانه را ببینی، فقط ببین و با نامِ آن‌ها آشنایی پیدا کن، به زودی همگی را خواهی شناخت؛ فقط صبور باش و بی‌قراری نکن؛ قبول؟

پیروز پذیرفت و با هم به آشپزخانه رفتند.

❈ ❈ ❈ ❈ ❈

چندی بعد همگی روی مبل نشسته‌اند و مشغولِ نوشیدنِ آب‌هویج بستنی هستند.

پیروز گفت:

- کم‌کم به حال و روزِ مردمان امروزین حسادت می‌کنم، با این همه وسایلِ جدید و طعمِ دلنشین به راستی خوشبخت و کامروا هستند و شکرگزارِ خداوندِ بی همتا.

فریبا:

- برعکسِ آن‌چه تَصَوُّر می‌کنی هرچه امکانات آدم‌ها بیشتر می‌شود کمتر یاد خدا می‌افتند و شکرگزاری می‌کنند.

پیروز:

- چگونه ممکن است؟

فرهاد:

- آبجی بی‌خیال؛ حوصله‌ی کلاسِ معارف را ندارم، بگویید با این پی۳۲۰ چه کنیم؟

مبینا:

- فقط چند قطره آب سیب به او بدهیم تا پیروز را بشناسد.

پیروز:

- نه ممکن است با همان چند قطره هم تمامِ خاطراتِ آرش را به یاد آورد یا دچارِ حالتی شبیه به مجانین شود، او تنها راه ما برای رسیدن به مقصود است، آزمودنش بهایی گران دارد.

مبینا:

- به احتمال زیاد پی۳۲۰ آن دانه‌ی سیاه سیشما را همراه دارد، دایی زحمتِ جستجوی لباس‌های او را می‌کشی؟

فرهاد با لبخندی می‌گوید:

- چشم خانم مارپِل و برمی‌خیزد.

مبینا:

- دایی! اذیّت نکن.

لحظاتی بعد فرهاد که چیزی در دست دارد بازمی‌گردد، دانه‌ای شبیه به فندق، کمی کوچک‌تر، با پوسته‌ای لطیف و سیاه رنگ فرهاد دانه را به سمت پیروز می‌گیرد و می‌پرسد:

- همین است؟

پیروز دانه را می‌گیرد، پس از بررسی، در لباسش پنهان می‌کند و می‌گوید:

- آری همین است در اوّلین فرصت باید جوهره‌اش را واکاوی کنم.

مبینا:

- به درستی حدس زده بودم، باید ما هم چون سیشما شویم.

فرهاد:

- یعنی درخت شویم؟

مبینا:

- دایی مسخره بازی در نیاور؛ جِدّی گفتم.

سپس شروع به توضیح دادن کرد.

٭٭٭٭٭

پس از پایان صحبت‌های مبینا؛ فرهاد گفت:

- کمی صبر کنید، نظرم را خواهم گفت.

سپس به سمتِ حیاطِ خانه رفت؛ پس از مدتی بازگشت و گفت:

- من هم موافقم، خوب کی شروع کنیم؟

مبینا رو به فرهاد می‌کند و می‌گوید:

- دایی جان لطفاً چند دقیقه بیا با شما کار دارم.

سپس به سمتِ حیاط رفت و فرهاد هم پشتِ سرش راهی شد فرهاد:

- جانم دایی؟ چه می‌گویی؟

مبینا:

- با مأمور پرونده حرف می‌زدی؟

فرهاد:

- از کجا فهمیدی؟

مبینا:

- هوشِ حلال زاده هم به دایی اش می‌کشد؛ چه چیزی گفت؟

فرهاد:

-   گفت مراقب هر دو باشید فرار نکنند، اگر رفتند، خودت حالا حالاها باید آبِ خنک بخوری، شب برای بردنشان می‌آییم.

مبینا:

-   دایی یک سؤال دارم، پیروز را باور کردی یا نه؟

فرهاد:

-   چه بگویم؟ هم بله، هم نه.

مبینا:

-   با قلبت جواب بده، قلبِ منِ که به راستی و درستی او گواهی می‌دهد.

فرهاد:

-   تقریباً من هم همین طور، خوب منظور؟

مبینا:

-   دایی تَصَوُّرش را بکن؛ پیروز بزرگترین دانای زمانِ خودش بوده و اکنون اطلاعاتش از یک بچّه هم کمتر هست؛ خیلی دلم برایش می‌سوزد؛ می‌خواهم کمکش کنم تا همسرش و بقیّه را نجات دهد؛ کمکم می‌کنی؟

فرهاد:

-   حرف هایت بوی دردسر می‌دهد؛ من یکی دیگر تنِ بازداشتگاه را ندارم.

مبینا:

-   نگران نباش!

فرهاد:

-   چه می‌خواهی بگویی؟

مبینا:

-   می‌خواهی کمک کنی یا نه؟

فرهاد:

- گفتم که اگر دردسر نشود.

مبینا:

- خیالت راحت.

سپس برگِ کاغذی به دستِ فرهاد داد و شروع به توضیح دادن کرد

٭٭٭٭٭

پیروز؛ پی۳۲۰ را بازکرد و گفت:

- پی۳۲۰ اینجا چه می‌کنی؟ چرا دربند شده‌ای؟ این‌جامه‌ها را از کجا آورده‌ای؟

پی۳۲۰:

- خودت من را بستی.

پیروز:

- من؟ از پی۳۰۰ بعید است بخواهد با پی۳۲۰ چنین کند.

فرهاد:

- وای چه می‌شنوم، دوباره پی۳۰۰؟ عجیب است!

پی۳۰۰:

- چه چیز عجیب است؟

فرهاد:

- مگر تو پیروز نبودی؟

پی۳۰۰:

- پیروز دیگر کیست؟ من پی۳۰۰ هستم مُنجیِ سیّاره‌ی سوچ، یادتان نیست با هم آمدیم تا یاری رسانِ من باشید.

فرهاد:

- این دوباره چه بلایی سرش آمد.

مبینا:

- دایی چه قدر گفتم نگذار بخورد.

فریبا:

- دانه‌ی سیاه را می‌گویی؟

مبینا:

- بله، پس چه چیزی را می‌گویم؟ زمانی که پیروز گفت: این دانه را می‌شناسم، هنوز هم طعمِ شیرین و دلنشینش در خاطرم هست؛ سپس شروع به خوردن کرد؛ دایی چه قدر گفتم نگذار بخورد.

فرهاد:

- خودت که شاهد بودی؛ تا رسیدم به پیروز کار از کار گذشته بود..

مبینا:

- از بس که معطّل کردی.

فرهاد:

- نگران نباش دایی؛ الان به هر دو آب‌سیب می‌دهم، درست می‌شوند.

مبینا:

- بله دایی؛ من هم دوست دارم داستانِ زندگیِ آرش را بدانم.

پی‌۳۰۰:

- آرش دیگر کیست؟

فرهاد:

- یادت نیست؟ خودت گفتی او آرش است.

پی‌۳۰۰:

- چرا بیهوده سخن می‌گویی؟ من هیچ گاه چنین سخنی نگفته‌ام.

فرهاد:

- وقتی جُرعه‌ای آبِ سیب خوردید، همه چیز درست می‌شود.

پی‌۳۰۰:

- ولی ما پی‌ها که چیزی نمی‌خوریم؛ اگر چنین کنیم به نفرینِ ایر دچار خواهیم شد.

فرهاد:

- اگر چنین نکنید هم، به نفرینِ من دچار خواهید شد

فریبا:

- فرهاد بس کن، آن موقع یک نفر بود، حالا دو نفر هستند، حریفشان نمی‌شوی.

فرهاد:

- می‌شوم؛ خوب هم می‌شوم.

فریبا:

- فرهاد! تا کی می‌خواهی دردسر درست کنی؟ به جای این مسخره بازی‌ها، کمک کن تا مأموریّتِ پی‌۳۰۰ تمام شود و زودتر بروند، حوصله‌ی دردسر داری؟

فرهاد:

- به روی چشم، اصلاً هرچیزی آبجی فریبا بگوید.

پی‌۳۰۰:

- من که نمی‌دانم از چه چیزی سخن می‌گویید، به هرحال ما پی‌ها چیزی نمی‌خوریم، ما با نور و هوا زنده‌ایم.

پی‌۳۲۰:

- به راستی، پی‌۳۰۰، خودت هستی؟

پی‌۳۰۰:

- پس توقع داشتی پی‌۳۶۵ باشم؟ فقط مثلِ این‌که ساعاتی از عمرم را از یاد برده‌ام، اکنون خیلی خوشحالم که تو را می‌بینم، به یاری من آمده‌ای؟ از سوچ چه خبر؟

پی‌۳۲۰:

- از لحظه‌ای که در زمین فرود آمدی، لحظه به لحظه با تو همراه بودیم و از زبانِ سیشما می‌شنیدیم، تا این‌که گرفتارِ مأموران شدی، همگی به گفته‌ی سیشما سینه بر خاک گذاشتیم و از ایر با صدای بلند خواستیم یاری رسانت باشد، تا این‌که سیشما گفت: "چیزی خورده‌ای و به نفرینِ ایر دچار شده‌ای باید هرچه زودتر، یک نفر داوطلب شود و داروی نجات‌دهنده را بیاورد و یاری رسانت باشد. پی ۳۰۰، نگفتی این لباس‌های زار و نزار را از کجا آورده‌ای؟"

پی‌۳۲۰:

- قبل از سفر به گفته‌ی سیشما به پشت بر خاک دراز کشیدم و سکوت کردم، شاخه‌اش را پایین کشید و برگی بر پیشانی‌ام گذاشت؛ به محضِ فرود بر زمین به سمتِ خانه‌ی همان مردی که از او لباس گرفتی رفتم و گفتم به آن نشان که امانت‌دار دوستِ روزه‌دارم هستی، برای فیلمبرداری لباسِ سرباز می‌خواهم و او از همسایه‌ای گرفت و برایم آورد.

پی‌۳۰۰:

- برخیز باید هرچه زودتر مأموریّت را به پایان برسانیم، دستی بر پیشانی گذاشت و لحظه‌ای سکوت، سپس ادامه داد: آه ایر به فریادم برس، چرا سیشما با من سخن نمی‌گوید، این عذابی بزرگ است.

پی‌۳۲۰:

- نگران نباش، با من سخن می‌گوید.

پی‌۳۰۰:

- اکنون باید چه کنیم؟

پی۳۲۰:

- باید به دنبال سنگ برویم.

پی۳۰۰ رو به فرهاد کرد و گفت:

- سنگ را بیاورید تا ما برویم.

فرهاد:

- سنگ این‌جا نیست، مأموران با خودشان برده‌اند.

پی۳۰۰:

- وای بر من اکنون چه کنیم؟

پی۳۲۰:

- نگران نباش من می‌دانم.

پی۳۰۰:

- تو به تنهایی می‌دانی و این چیز خوبی نیست، باید چاره‌ای بیاندیشیم تا در صورتِ دور شدن از هم، من نیز بدانم.

مبینا:

- این که فکر کردن نمی‌خواهد؛ برگِ سیشما را دوباره بر پیشانی‌ات بگذار، چون قبل با تو حرف می‌زند.

پی۳۰۰:

- آفرین بر تو، سپس دستش را بر پیشانی گذاشت و لحظه‌ای سکوت کرد و بعد ناله‌ای کرد و ادامه داد: آه ای به فریادم برس، من را چه شده است، چرا خیلی از چیزها را به خاطر نمی‌آورم؟

مبینا:

- به خاطر همان دانه‌ی سیاه است که خوردی.

پی۳۰۰:

- ولی من که چیزی نخورده‌ام؛ ما پی‌ها که چیزی نمی‌خوریم.

فرهاد:

- همان دارویی که پی۳۲۰ گفت.

فریبا:

- همان را خوردی، یادت نیست؟

پی۳۰۰:

- نه

پی۳۲۰:

- گفتم که نگران نباش، بگذار مأموریّت را تمام کنیم بعد به سمتِ برگ سیشما می‌رویم و با خوردن دانه‌ی قرمز به سوچ باز می‌گردیم.

پی۳۰۰:

- ولی من می‌خواهم هرچه زودتر، سخنانِ سیشما را بشنوم دلم برای سخنانش تنگ شده است.

فرهاد رو به پی۳۲۰ کرد و گفت:

- مگر نمی‌خواهی پی۳۰۰ کمکت کند؟

مبینا:

- حتماً می‌خواهد به تنهایی ناجیِ سیّاره‌ی سوچ باشد.

فریبا:

- شک نکن وگرنه کاری می‌کرد که پی۳۰۰ هم بتواند کمک کند؛ شاید هم حسادت می‌کند.

پی۳۲۰ دستش را بر پیشانی گذاشت و لحظه‌ای سکوت کرد؛ سپس گفت:

- ما پی‌ها حسادت را نمی‌فهمیم، برای رفتن و بازگشتن به سمتِ برگ، زمانِ زیادی را از دست خواهیم داد.

فرهاد:

- این که نگرانی ندارد؛ با ماشین می‌رویم، یک ساعت هم نمی‌شود.

پی۳۰۰:

- ماشین؟

مبینا:

- همان ارابه‌ی جدید است، خیلی سریع‌تر و راحت‌تر، لطف دیگری هم دارد و
آن این که با ماشین هم بیشتر آشنا می‌شوید و پس از بازگشت برای دیگران
سخنِ جدیدی دارید.

پی۳۰۰:

- از کجا بیاوریم؟

مبینا:

- دایی فرهاد دارد.

پی۳۲۰ دستی بر پیشانی گذاشت و لحظه‌ای سکوت؛ سپس گفت:
- اگر زود می‌شود ایرادی ندارد.

فرهاد:

- پس آماده شوید تا برویم.

مبینا:

- دایی من هم می‌آیم.

فرهاد:

- لازم نکرده است.

فریبا:

- داداشِ خیلی وقت است ما را بیرون نبرده‌ای، ما هم می‌آییم که آب و هوایی
عوض کنیم، از رستوران هم، چند دست غذا برای ناهار می‌گیریم.

فرهاد:

- شما که بهتر می‌دانید؛ من و آرش همیشه وسایلِ تفریح را در صندوق عقب
داریم؛ فقط خیلی زود؛ می‌بینید که پی۳۲۰ عجله دارد.

مبینا با خوشحالی برمی‌خیزد و به سمتِ اتاق‌خواب می‌رود و می‌گوید:

- الان می‌آییم.

فریبا هم پشت سرش می‌رود. لحظاتی بعد مبینا و مادرش لباس پوشیده، در حالی‌که چیزی در دست مبینا است از اتاق‌خواب خارج می‌شوند.

فرهاد:

- می‌بینم که مثل همیشه بقچه به دست شدی.

مبینا:

- دایی! اذیّتم نکن.

پی۳۰۰ کمی ماشین را برانداز می‌کند و می‌گوید:

- پس اسب‌های این آرابه کجا هستند؟

فرهاد دستی به کاپوت ماشین می‌زند و می‌گوید:

- داخلِ این قسمت چیزی حدودِ ۱۰ یا ۲۰ اسب در حالِ یونجه خوردن هستند.

پی۳۰۰:

- ولی در این‌جا یک اسب هم جا نمی‌شود.

مبینا:

- دایی شوخی می‌کند؛ نام این آرابه ماشین است و با نیروی موتور کار می‌کند.

پی۳۰۰:

- موتور؟

فرهاد:

- حتماً بعد هم نوبتِ رینگ، پستان، میل لنگ، سیلندر و هزاران قطعه‌ی دیگر است؛ اگر قرار باشد با دیدنِ هر چیز تازه‌ای، سؤال کنی و بخواهی از طرزِ کارش آگاه شوی به هیچ کار دیگری نمی‌رسیم.

فریبا:

- به نظرِ من بهتر است پی۳۰۰ صبر داشته باشد تا در فرصتی مناسب از همه چیز آگاه شود.

مبینا:

- پی۳۰۰، اوّل بگذار مشکلِ پیدا کردنِ برگ سیشما را حل کنیم؛ بعد همه چیز را خواهی فهمید.

همگی سوار بر ماشین می‌شوند؛ فرهاد استارت می‌زند و پس‌از روشن شدن، گاز را کمی فشار می‌دهد. پی۳۲۰ که کمی ترسیده به نظر می‌رسد؛ می‌پرسد:

- این دیگر چه صدایی است، چه شده است؟

فرهاد:

- همان اسب‌هایی که گفتم همگی با هم شیهه می‌کشند.

پی۳۲۰ دستی بر پیشانی گذاشت و گفت:

- ولی این شیهه‌ی اسب نیست.

فرهاد:

- نه خیر؛ پی۳۲۰ را کجای دلم بگذارم.

مبینا:

- اصلاً من پیشنهاد می‌کنم تا رسیدن به مقصد روزه‌ی سکوت بگیریم

پی۳۲۰:

- روزه‌ی سکوت دیگر کیست؟ چه کسی را باید بگیریم.

فرهاد، فریبا و مبینا می‌خندند.

مبینا:

- مسابقه و قهرمان می‌دانید چیست؟

پی۳۲۰:

- آری...

مبینا:

- از این لحظه همه ساکت می‌مانیم و تا رسیدن به مقصد هر کسی حرف زد بازنده می‌شود.

فرهاد:

- موافقم، فقط قبل از شروعِ مسابقه، تکلیف من را روشن کنید که کجا بروم و چه چیزی بگیرم.

فریبا:

- اول برو سمتِ مغازه‌ی قصّابی خودت، از رستورانِ کناری، غذا و نوشیدنی برای پنج نفر بگیر، بعد هم برو هر طرفی که پی‌۳۲۰ نشان می‌دهد.

پی‌۳۲۰:

- شما که سه نفر بیشتر نیستید، ما که چیزی نمی‌خوریم.

فرهاد می‌خندد و می‌گوید:

- شاید خوردید، آن وقت من گرسنه می‌مانم، اگر زیاد آمد، برمی‌گردانیم و شب می‌خوریم، حالا چه چیزی بگیرم؟

مبینا:

- هر چیزی عشقت کشید، البته که امروز قرار بود ته چین بخوریم.

فریبا:

- ته چین باشد برای فردا؛ فرهاد جان هر چیزی خودت خواستی بگیر.

فرهاد:

- خوب دیگر برویم، چیزی جا نگذاشته‌اید؟

فریبا:

- خودت گفتی همیشه وسایلِ تفریح در صندوق عقب است.

فرهاد:

- به غیر از آن‌ها.....

فریبا:

- نه، چیزی جا نگذاشته‌ایم.

فرهاد کلاچ را فشرد و دنده را جا کرد و شروع به حرکت کرد و گفت:

- الهی به امید تو.

مبینا:

- مسابقه را شروع کنیم؟

همگی تأیید کردند و سکوت برقرار شد.

*****

چندی بعد خودرو جلوی قصّابی خاموش شد، فرهاد پیاده شد، به طرفِ رستوران رفت، سفارش داد، بیرون آمد و به طرفِ مغازه‌ی قصّابی رفت؛ در این هنگام مبینا بقچه‌ای که در دست داشت را به پی‌۳۰۰ داد و با علامت به او فهماند به سمتِ فرهاد برود. پی‌۳۰۰ بقچه به دست از خودرو پیاده شد و به قصّابی رفت.

دقایقی بعد فرهاد و پی‌۳۰۰ در حالی‌که لباس‌های دیگری بر تن داشتند بیرون آمدند؛ فرهاد به رستوران رفت، سفارش را تحویل گرفت و به همراه پی‌۳۰۰ به سمتِ خودرو آمد؛ با علامت به دیگران نشان داد که از خودرو پیاده شوند و درونِ خودرو دیگری بنشینند.

بیش از همه پی‌۳۲۰ حیران بود ولی همراهِ دیگران سوارِ خودرو دیگر شد. فرهاد خودرو را روشن کرد و پس‌از آن‌که به آرامی شروع به حرکت کرد، گفت:

- محکم بنشینید که لازم است یک ماشین را در فرصتِ مناسب جا بگذاریم.

لحظاتی بعد؛ ناگهان با سرعت در کوچه‌ای پیچید و پس‌از گذشتن از چند کوچه به خیابانی وارد شد و پس‌از خروج از شهر، به جاده‌ای روستایی وارد شد، لحظاتی بعد فرهاد در آیینه پشتِ سرشان را نگاه کرد و گفت:

- وضعیت سفید شد.

فریبا:

- دیگر تعقیب کننده‌ای نداریم؟

فرهاد:

- نه؛ همان هم مطمئن نیستم دنبالِ ما بود؛ فقط برای احتیاط آن را آن جا گذاشتم.

مبینا می‌خندد و می‌گوید:

- دایی جان، جیمز باند بودی و خبر نداشتیم...

فرهاد می‌خندد و می‌گوید:

- اگر از مأموریّتِ خانمِ مارپل[1] جانِ سالم به در ببرم، حتماً فرمولِ یک[2] ثبت‌نام می‌کنم.

پی‌۳۰۰:

- پی‌۳۲۰ کدام طرف برویم؟

پی‌۳۲۰:

- من قهرمانِ مسابقه شدم، جایزه‌ی قهرمان چیست؟

مبینا:

- مگر شما در سیّاره‌ی سوچ مسابقه هم دارید؟

پی‌۳۲۰:

- پس‌از پایانِ کارِ روزانه، همگی در دهانه‌ی غار جمع می‌شویم، از آن‌جا با شمارش یک، دو، سه؛ شروع به دویدن می‌کنیم؛ اولین کسی که دستش تنه‌ی درخت سیشما را لمس کند قهرمانِ مسابقه و پادشاهِ بزمِ قصّه‌گویی سیشما می‌شود، حالا جایزه‌ی من چیست؟

---

[1] - خانم مارپل یکی از شخصیت‌های داستانی نویسنده جنایی‌نویسِ انگلیسی آگاتا کریستی است.
[2] مسابقات اتومبیل‌رانی جایزه بزرگ که بالاترین رده از مسابقات بین‌المللی خودروهای چرخ‌باز است که توسط فدراسیون بین‌المللی اتومبیل‌رانی(FIA) ، سازمان‌دهی و برگزار می‌شود.

مبینا:

- پس‌از یافتنِ برگِ سیشما، اگر برگ صلاح دانست بزمی برپا می‌کنیم و به قصّه‌گوییِ او گوش می‌دهیم، آن‌وقت تو پادشاهِ این بزم خواهی شد، بهتر است هرچه زودتر برگِ سیشما را پیدا کنیم تا بدانیم چه تصمیمی می‌گیرد.

پی ۳۰۰:

- آری، بهترین کار همین است، اکنون، پی ۳۲۰ بگو که به کدام سمت برویم؟

*****

زمانی چند؛ پی ۳۲۰ راهنمایی می‌کرد و فرهاد خودرو را به آن سمت به حرکت درمی‌آورد؛ از مسیرهای مختلفی رفتند؛ تا جایی پیش رفتند که دیگر مسیری برای ترددِ خودرو وجود نداشت.

فرهاد:

- ماشین جلوتر از این نمی‌رود، اگر راهِ زیادی باقی‌مانده است تا مسیرِ دیگری را امتحان کنیم.

پی ۳۲۰:

- نه، همین نزدیکی است.
- پیاده می‌رویم، آبجی جان و مبینا، همین جا باشید، برمی‌گردیم.

مبینا به همراه دیگران پیاده می‌شود و می‌گوید:

- این همه نقشه کشیدم که این برگِ عجیب را ببینم؛ من و مامان هم می‌آییم؛ دوست دارم از زبانِ سیشما قصّه بشنوم.

فرهاد پس‌از پیاده شدنِ همگی درب خودرو را قفل می‌کند و می‌گوید:

- می‌خواستم راه نروید؛ حالا که هوسِ پیاده‌روی کرده‌اید؛ بسم‌الله!

پی ۳۲۰ شروع به راه‌رفتن کرد و دیگران پشت سرش روان شدند؛ پس‌از گذشتن از چند زمینِ کشاورزی و تپّه‌ی کوتاه؛ پی ۳۲۰ جایی بر زمین نشست و مشغولِ کنار زدنِ سنگ‌هایی شد، که به صورتِ نامنظّمی روی هم چیده شده بود.

همگی به کنارِ پی۳۲۰ رسیدند و مشغولِ تماشای او شدند. پی۳۲۰ به آرامی برگ و دانه‌ای را بالا آورد، خاک‌ها را از روی آن‌ها فوت کرد؛ بلند شد، نشان‌شان داد و گفت:

این هم برگِ سیشما و دانه‌ی قرمز.

مبینا برگ و دانه را نگریست و گفت:

- چه برگِ خوشکلی هست، چه دانه‌ی عجیبی؛ تا کنون برگ به این زیبایی ندیده بودم؛ آن‌ها را به من بده تا اندکی نگاهش کنم و از دیدنِ این برگِ زیبا لذّت ببرم؛ خیالت راحت باشد؛ سالم بر می‌گردانم؛ سپس برگ و دانه‌ی قرمز را از پی۳۲۰ گرفت.

فرهاد نگاهی به پی۳۰۰ کرد و با اشاره پرسید:

- خودش است؟

پی۳۰۰ سری تکان داد و تأیید کرد. و فرهاد علامتی داد و به همراه پی۳۰۰ به یک‌باره از دو سمت پی۳۲۰ را گرفتند.

برگِ سیشما شروع به نالیدن کرد و گفت:

- آه ایر به فریادم برس؛ پی۳۰۰ چرا چنین می‌کنی؟ این‌جا چه خبر است؟

مبینا:

- چه جالب است، واقعاً حرف می‌زند؟

پی۳۲۰:

- پی۳۰۰ چه می‌کنی؟ دیوانه شده‌ای؟

پی۳۰۰:

- آرش جان به زودی خواهی فهمید.

پی۳۲۰:

- آرش دیگر کیست؟

فرهاد:

- فریبا جان زود باش، آب سیب.

برگ سیشما:

-   چه نقشه‌ای در سر دارید؟ آه ایر نجات‌مان بده، فریب‌مان دادند......

فریبا درب بطری کوچک را باز کرد و به فرهاد داد و فرهاد بطری را گرفت و به سمت لب‌های پی ۳۲۰ برد.

برگ سیشما:

-   پی ۳۲۰ نخور وگرنه به نفرینِ ایر دچار خواهی شد.

پی ۳۲۰ لب‌هایش را به سختی بر هم فشرده بود و از خوردن امتناع می‌کرد.

فرهاد:

-   اگر تکّه‌تکّه‌ات هم کنم باید بخوری پس تلاشِ بیهوده نکن و مثل آدم بخور.

پی ۳۲۰ دهانش را کمی گشود و گفت:

-   ما پی‌ها که......

فرهاد از فرصتِ پیش آمده استفاده کرد و به زور بطری را در دهانِ پی ۳۲۰ کرد و جرعه‌ای در دهانش ریخت. پی ۳۲۰ به اجبار بلعید، لحظاتی همچنان محکم او را گرفته بودند.

پی ۳۲۰ پس از چند بار که چشمانش را بست و سرش را تکان داد؛ نگاهی به پی ۳۰۰ کرد و پرسید:

-   پیروز چرا من را این‌گونه محکم گرفته‌ای؟

نگاهی به فرهاد، مبینا و فریبا کرد و پرسید:

-   این‌ها کیستند؟ این‌جامه‌های زار و نزار؟

در حالی‌که فرهاد و پیروز به آرامی رهایش کردند به خودش نگاهی کرد و گفت:

-   و این‌جامه‌ها؟

دستی بر سرش گذاشت و ادامه داد:

-   چه دانه‌ی شیرین و لذّت بخشی بود؛ دیگران کجا هستند؟ زیبا؟ مهوش؟

پیروز:

- آرش جان، صبور باش و اندکی تأمُّل کن به زودی همه چیز روشن خواهد
شد.

سپس به سمتِ تپّه‌ای حرکت کرد و از آن بالا رفت، دیگران نیز به دنبالش رفتند،
پیروز با حسرت اطراف را می‌نگریست و آرش با حیرت.

آرش:

- آن منارهی مخروب که از دور دیده می‌شود، همان منارهی‌.......

پیروز:

- آری همان است و جایی که روی آن ایستاده‌ایم کمی این سوتر و یا آن
سوتر، زیر پاهایمان بابِ هرمز از شهرِ جور است.

آرش:

- شوخی خوشایندی نیست.

پیروز:

- هیچ شوخی در کار نیست؛ اکنون چیزی نزدیک به ۸۰۰ سال گذشته است
و آن چه در پیشِ چشمِ چشم داری ویرانه‌های شهرِ جور است.

آرش بر زمین نشست دستانش را بر سر گذاشت و پرسید:

- ۸۰۰ سال؟ سپس برخاست و ادامه داد:

- زیبا؟ مهوش؟ دیگران؟

پیروز:

- نگرانی به دل راه مده، به احتمالِ زیاد اکنون در سوچ هستند.

آرش:

- به احتمالِ زیاد؟ یعنی نمی‌دانی؟ چگونه نگران نباشم، حال آن‌که ما به تو
اعتماد کرده بودیم.

پیروز:

- صبر پیشه کن!

آرش:

- چگونه صبر پیشه کنم حال آن‌که از یارانم جدا افتاده‌ام و تو که دانایِ‌مان بودی هم هیچ نمی‌دانی....

پیروز برگی که در دستانِ مبینا بود را نشان داد و گفت:

- اکنون این برگ؛ همه چیز را خواهد گفت.

آرش نگاهی به برگ کرد و پرسید:

- دیوانه شده‌ای؟ چگونه یک برگ ....

ناگهان سکوت کرد، نگاهی دوباره به برگ که بی شباهت به چشم انسانی نبود، انداخت و پرسید:

- این برگِ همان درخت نیست که سخن می‌گفت؟

پیروز:

- آری همان است؛ برگِ سیشما؛

سپس رو به برگ کرد و پرسید:

- بگو بدانیم پس از خوردن آن دانه‌های سیاه چه پیش آمد؟

برگ سیشما هیچ پاسخی نداد و پیروز دوباره پرسید:

- نشنیدی چه گفتم؟

فرهاد:

- شاید بلد نیست حرف بزند.

مبینا:

- نه دایی خودم شنیدم، حرف زد.

فریبا:

- دخترم راست می‌گوید من هم شنیدم.

فرهاد:

- شاید تَوَهُّم زده‌اید!

مبینا:

- چرا؟

فرهاد:

- چه می‌دانم مثلاً از گرمای خورشید یا از گرسنگی.

مبینا:

- من مطمئنم، تَوَهُّمی در کار نیست.

فرهاد:

- در این گرمای تابستان زیر خورشیدِ درخشان، دادگاهِ تفتیشِ عَقاید بر پا کرده‌اید؟

فریبا:

- داداش راست می‌گوید، برویم، زیر سایه‌ی درختی بنشینیم؛ بعد فکری می‌کنیم.

مبینا:

- از همه چیز که بگذریم از وقتِ غذای دایی گذشته و کم‌کم عصبی می‌شود.

فرهاد:

- ای به قربانِ مبینای گلم که دایی‌اش را خوب شناخته.

فریبا:

- بگو خودش را خوب شناخته، داداش! کپی برابر با اصلِ خودت شده است، اگر وقتِ غذایش بگذرد، همگی را می‌خورد.

آرش:

- فکر پسندیده‌ای است، راستش را بخواهید آن قدر گرسنه‌ام که توان راه رفتن هم ندارم؛ گویا سال‌های سال است از خوردن بی‌بهره بوده‌ام.

در حالی‌که فریبا شروع به رفتن کرده بود؛ دیگران هم به راه افتادند.

پیروز:

- به راستی هم چنین است؛ چیزی حدود ۸۰۰ سال از خوردن و آشامیدن بی‌بهره بوده‌ای.

آرش:

- چگونه ممکن است؟

پیروز:

- تا کنون با نور و هوا زنده بوده‌ای و اکنون چون گذشته محتاج غذا خواهی بود.

❋ ❋ ❋ ❋ ❋

چندی بعد همگی در سایه‌سارِ درختِ تنومندی نشسته بودند و مشغولِ خوردنِ ناهار شده بودند. پیروز که ضمنِ خوردن، مشغولِ بررسیِ ظروف بود، پرسید:

- این دیگر چگونه ظروفی است؟ تا کنون شبیه آن را ندیده‌ام، چرا این قدر لاغر و فرتوت است؟

مبینا:

- ظروفِ یکبار مصرف.

آرش:

- یعنی فقط یک بار استفاده می‌کنید؟

فریبا:

- بعد از مصرف دور می‌اندازیم، دیگر از شست‌وشو هم خبری نیست، کارمان را آسان کرده است.

پیروز که به فکر فرو رفته بود پرسید:

- چند نفر در این شهر زندگی می‌کنند؟

فرهاد:

- غذایت را نوشِ جان کن، با جمعیّتِ شهر چه کار داری؟

مبینا گوشی‌اش را برداشت و کمی بعد گفت:

- ۱۲۱،۴۱۷ تَن.

پیروز:

- فرض را بر این بگذارید که یک روز تمامیِ مردمِ شهر؛ در هر سه وعده غذا خوردن، از چنین چیزی استفاده کنند؛ چه حجمی از این‌ها را پیرامونشان بر زمین می‌ریزند؛ شما آدم‌ها با زمین چه می‌کنید؟ روزگاری خارج از شهرِ جور پوشیده شده بود از درختان و گیاهانی که روح افزایِ جان بود و اکنون......

پیروز آهی می‌کشد و پس از لختی سکوت ادامه می‌دهد:

- به همین شکل ادامه دهید، روزی زیرِ همین‌هایی که بیرون می‌ریزید، دفن خواهید شد، هنگامِ آمدن، اطراف را نگریستم در گوشه و کنار؛ دور ریختنی‌هایِ گوناگون، گسترده بود و هیچ نشانه‌ای از زمینی که روزگاری طراوت بخشِ جور بود، اکنون نیست

مبینا:

- وسطِ غذا خوردن خوب نیست حرف بزنیم؛ سپس بطریِ نوشابه را باز کرد و کمیِ نوشابه ریخت و خورد.

آرش:

- این چیزِ سیاه رنگ که می‌جوشید چه بود خوردی؟ شرابِ سیاه؟

مبینا می‌خندد و می‌گوید:

- نه، نوشابه‌ی گازدار است؛ بدونِ الکل.

آرش:

- یعنی مست کننده نیست؟

مبینا:

- نه فقط هضم کننده‌ی غذا است،

سپس لیوانی ریخت، به سمت آرش گرفت و گفت:

- امتحان کن.

آرش کم‌کم لیوان را نوشید و گفت:

- نوشابه، جالب است، همچون شراب مضر نیست؟

فریبا:

- مثل آن که نه ولی ضررهایی دارد.

پیروز:

- پس چرا می‌خورید؟

فرهاد:

- چون خوشمزه و با حال است.

پیروز جرعه‌ای نوشید و گفت:

- از این مَنظَر، حق با شماست....

٭ ٭ ٭ ٭ ٭

پس از اتمامِ غذا؛ مبینا برخاست و از صندوق عقب خودرو پلاستیک زباله آورد، همه‌ی زباله‌های خودشان را درونش ریخت، چند زباله هم که پیرامونشان دید برداشت و در پلاستیک ریخت؛ پلاستیک زباله‌ها را در صندوق عقبِ خودرو گذاشت، برگشت و جای خود نشست.

مبینا:

- اگر همه ی مردم به محیطِ زیستِ خود اهمیّت می‌دادند و زباله ها را رها نمی‌کردند؛ اکنون طبیعتی روح نواز داشتیم.

فریبا:

- دقیقاً؛ مشکل همین بی فرهنگ‌هایی هستند که در طبیعت زباله می‌ریزند وگرنه ظروفِ یکبار مصرف، خیلی هم خوب است.

مبینا:

- ولی عمو پیروز، من هرچه فکر می‌کنم حق با شماست، هرچه از ظروفِ یکبار مصرف استفاده نشود بهتر است، از همه چیز بگذریم شنیده‌ام که سرطان زا است.

فریبا:

- آخر نمی‌شود؛ تَصَوُّرش را بکنید هر وقت بخواهیم از رستوران غذا بگیریم؛ مثلاً همین امروز؛ دو قابلمه می‌دادیم دستِ رستوران و می‌گفتیم پنج پُرس زرشک پلو با مرغ لطفاً؛ مسخره می‌شدیم.

مبینا:

- اتّفاقاً فکرِ بدی هم نیست، وقتی همه همین کار را کنند دلیلی برای مسخره شدن نیست؛ صاحبِ رستوران هم خوشحال می‌شود.

فریبا:

- چرا؟

مبینا:

- به هرحال از خریدِ ظروفِ یکبار مصرف راحت می‌شود و این یعنی سودِ بیشتر.

فرهاد:

- این همه چانه‌ی بی‌فایده نزنید، به زودی ظروفِ یکبار مصرف، با پایه‌ی گیاهی به بازار می‌آید و بساطِ این نفتی‌ها برچیده می‌شود.

آرش:

- مگر می‌شود؟ چگّونه با گیاه ظرف می‌سازند.

فرهاد:

- همان طور که با نفت می‌سازند.

آرش:

- نفت دیگر چیست؟

مبینا:

- یک مایع، شبیه به لجن، زمانِ شما هم بوده، بگذار ببینم،

درونِ گوشی جستجویی کرد و ادامه داد:

- ایرانی‌ها، برای قیر اندود کردنِ کشتی‌های جنگی خود، از آن به طور کاملاً اتّفاقی استفاده می‌کردند؛ در مصر و ایرانِ قدیم منابعی را می‌شناختند و از آن‌ها استفاده می‌کردند.

پیروز:

- قیر را اکنون نفت می‌نامند؟

مبینا:

- از همان لجن بدبو در پالایشگاه‌ها هزاران هزار محصولِ جدید به دست می‌آید، در بیشترِ چیزهایی که اطرافِ خود می‌بینید نفت وجود دارد از همین زیلوی زیرِ پایمان گرفته تا کفش و لباسی که بر تن دارید، قیر تنها یک چیز از آن‌هاست که بیشتر در جاده‌سازی استفاده می‌شود.

پیروز:

- یعنی همان قیری که بر مشعل‌هایمان می‌سوخت یا کشتی‌ها را آندود می‌کرد؛ این همه ارزشمند بود؟ این‌جاده‌های سیاه رنگ، قیر؛ خدای من چه عنصرِ ارزشمندی در اختیار داشتم و از درکِ آن عاجز بودم؛ با تحقیق بر آن؛ چه کارها که می‌توانستم بکنم و نکردم؛ چه عمرِ گرانی را در سوچ سرگردان بودم و دلیلِ این سرگردانی... برگِ سیشما را بیاورید باید هرگونه ممکن است، پاسخگوی این سرگردانی باشد.

مبینا دفترچه‌ی خاطراتش را گشود و برگِ سیشما را از میانِ آن بیرون آورد، دفترچه را بست و بر زمین گذاشت، برگِ سیشما را روی آن قرار داد و گفت:

- این هم از امانتی که نزدِ من بود، حالا این شما و این برگ......

فریبا:

- چرا این برگ خشک نشده؟ خیلی جالب است!

مبینا:

- چِشمِ کم رنگی که وسطش هست را نمی‌گویی؟

فرهاد:

- از آن چشم بگذریم به نظرم شبیه به برگِ گیاهی است که زیاد دیده‌ام.

مبینا:

- آری، ولی نه؛ آن چیزی که من دیده‌ام، چند برگِ به هم چسبیده بود، ولی این، یکی بیشتر نیست

فریبا:

- برگِ چه چیزی؟

مبینا:

- نمی‌دانم برگ چیست، عکسش را روی چند ماشین دیده‌ام.

فرهاد:

- آفرین درست است، همان است؛ شاهدانه.

پیروز:

- راست می‌گویی، تا کنون دقّت نکرده بودم.

آرش:

- بگذریم مثل هر چه هست خوب؛ ما کار دیگری داشتیم، مهوش، زیبا، یارانمان؛ فراموش کرده‌اید؟

پیروز:

- برگِ سیشما بگو بدانیم بعد از خوردن دانه‌های سیاه چه شد؟

برگ سیشما هیچ پاسخی نداد....

آرش:

- نشنیدی چه گفت؟

فرهاد با انگشت، چند ضربه به برگ زد و گفت:

- شاید خواب است

پیروز:

- نه خواب نیست.

مبینا:

- از کجا می‌دانی؟

پیروز:

- زمانی که با زیبا در سیّاره‌ی سوچ بودیم، دیده‌ام. یک روز با هم به کنارِ
سیشما رفتیم، وقتی رسیدیم تمامِ برگ‌هایش چونان کتاب‌هایی بسته از
میان، تا شده بودند؛ صدایش زدم، پاسخی نداد؛ نگرانش شدم، نزدیک‌تر رفتم
و چند ضربه به تنه‌ی آن زدم، ناگهان شاخه‌ای مرا به عقب پرتاب کرد؛
لحظاتی بعد برگ‌هایش از هم باز شدند، سیشما خمیازه‌ای کشید و گفت:
"امروز چرا این همه خواب ماندم؟ از بس که دیشب همسرم حرف زد و
نگذاشت بخوابم؛ این گونه بود که دانستم در خواب بوده است."

آرش:

- آهای با تو هستیم خودت را به کَرگوشی زده‌ای؟ بگو بدانیم بعد از خوردنِ
دانه‌های سیاه چه شد؟

برگ سیشما باز هم پاسخی نداد.

فرهاد:

- فرض بگیرید یکی از راه برسد و ببیند برگی را وسط گذاشته‌ایم و از آن
می‌خواهیم جواب بدهد؛ چه فکری می‌کند؟

مبینا می‌خندد و می‌گوید:

- هیچ؛ می‌گوید از هر کسی جنس نگیرید.

پیروز:

- چنین به نظر می‌رسد که چاره‌ای نیست جز رفتن به سوچ.

مبینا:

- بعید می‌دانم فکرِ عاقلانه‌ای باشد.

فرهاد:

- چه طور دایی؟

مبینا:

- اول که هنوز مطمئن نیستم که همان‌هایی که در سوچ هستند یاران این‌ها
باشند، به فرضِ این که باشند هم، پیروز و آرش را نمی‌شناسند؛ همان‌گونه
که پی ۳۲۰ ابتدا پیروز را نشناخت.

فریبا:

- دخترم درست می‌گوید.

آرش:

- پس چه کنیم؟

فرهاد:

- هر جور شده برگ سیشما را وادار به حرف زدن می‌کنم؛ آهای برگِ نکبَتی
تا پوستت را نکنده‌ام مثلِ آدم حرف بزن.

فریبا:

- داداش! اول که این آدم نیست؛ بعد هم پوستش را چه طور می‌خواهی بکنی؟

فرهاد:

- می‌خواستم کاری کنم که بترسد و زبان باز کند، اصلاً به من چه مربوط است.

پیروز:

- درست است باید بترسد ولی از چه چیزی؟ گیاهان از چه چیزی در هَراسند؟

فرهاد:

- فهمیدم تبر؛ اکنون یک تبر می‌آورم و تکّه‌تکّه‌اش می‌کنم.

مبینا:

- دایی ارّه برقی بهتر نیست؟

می‌خندد و ادامه می‌دهد:

- آخر برگِ به این کوچکی به تبر نیاز دارد؟ با دست هم تکّه‌تکّه می‌شود؛ فهمیدم آتش.

پیروز:

- همان که می‌خواستم بگویم؛ آتش.

آرش از جا برخاست و گفت:

- در کوتاه زمانی، سنگِ چخماق خواهم جست و آتشی می‌افروزم.

فرهاد:

- بیا بنشین، نیازی به رفتن نیست؛ مگر عهدِ بوق است؟ سپس دست در جیبش کرد؛ فندکی بیرون آورد و با ضربه‌ای روشن کرد.

مبینا:

- دایی! فندک؟

فرهاد:

- دایی برای آتش روشن کردن، نه چیزِ دیگری، مثبت اندیش باش دختر.

پیروز با حیرت نگریست و گفت:

- یعنی به همین سادگی آتشی بر پا می‌شود؟

مبینا:

- این هم چیزی برگرفته شده از همان نفتِ خام است.

فریبا:

- کلاسِ آموزشی گذاشته‌ای؟ یادتان رفت؟ برگ سیشما.

فرهاد برگ را برداشت، فندک را روشن کرد؛ نزدیکش گرفت و گفت:

- حرف می‌زنی یا دودمانت را بسوزانم؟ یک، دو، سه..

سپس شعله‌ی فندک را لحظه‌ی کوتاهی زیرِ برگ گرفت؛ بازگرداند و ادامه داد:

- آخرین فرصت است، این بار رحم نخواهم کرد، ابتدا تو را می‌سوزانم بعد هم به همراه آرش و پیروز به سوچ می‌آیم و با فشردنِ یک دکمه؛ تمامِ درخت را به آتش می‌کشم، دایی فیلمِ یک انفجار را نشانش بده تا بفهمد شوخی نمی‌کنم

مبینا:

- دایی چه چیزی را جستجو کنم؟

دایی:

- بنویس؛ انفجارِ تانکرِ حاملِ گاز در پمپِ بنزین، دیروز دیده‌ام....

مبینا مشغولِ جستجو در گوشی‌اش شد و لحظه‌ای بعد؛ فیلم را نشانِ برگِ سیشما داد. و دایی گفت:

- دیدی؟ این کارِ دیروزم هست با فشردنِ یک دکمه، فرصتِ التماس هم نخواهی داشت، چه رسد به این‌که کسی کمکت کند.

مبینا:

- دایی او را نسوزان گناه دارد.

فرهاد:

- او را باید بسوزانم تا عبرتی برای دیگران باشد؛ سپس فندک را روشن کرد و شروع به شمارش کرد: یک، دو، سه؛ سپس شعله‌ی فندک را با فاصله، زیر برگ گرفت.

برگ سیشما:

- سوختم؛ مگر دیوانه شده‌ای؟ مگر من چه بدی در حقِّ شما کرده‌ام؟

فرهاد به محضِ شنیدنِ صدای برگ، فندک را خاموش کرد و برگ را روی دفترچه‌ی خاطراتِ مبینا گذاشت و گفت:

- بالاخره به حرف آمد، این شما و این مُتَّهَم.

برگ سیشما:

- اصلاً به شما چه ربطی دارد که خودتان را دخالت داده‌اید، هرچه هست مربوط به من و دوستِ مهربانم پیروز است.

پیروز:

- تا اکنون که ساکت بودی، چگونه دوستِ مهربانت شدم؟

برگ سیشما:

- نمی‌خواستم جلوی غریبه‌ها با شما سخن بگویم.

مبینا:

- چرا دروغ می‌گویی؟ قبلاً حرف زده بودی؛ یادت نیست؛ به پی۳۲۰ گفتی نخور وگرنه به نفرینِ ایر دچار خواهی شد.

آرش:

- پی۳۲۰ دیگر کیست؟

پیروز:

- خودت؛ به زودی متوجّه خواهیم شد.

آرش:

- دروغ‌گویی کافی است؛ بگو بدانیم پس از خوردنِ آن دانه‌های سیاه چه شد؟

فرهاد فندک را نشان برگ داد و گفت:

- فراموش نکن اگر دروغ بگویی؛ تو را می‌سوزانم.

برگ سیشما:

- نیازی به آن فندک نیست، همه چیز را خواهم گفت؛ چون همسرم علاقه‌ی زیادی به هم صحبتی با شما داشت؛ تصمیم گرفتم با چشیدنِ طعمِ دلنشینِ آن دانه‌ها شما را راضی کنم که در سوچ بمانید و برای همیشه از خوردنِ آن‌ها لذّت ببرید ولی پس از خوردنِ آن دانه‌ها یک دگرگونی به وجود آمد که انتظارش را نداشتم، متوجّه شدم که شما همگی همه چیز را فراموش

کرده‌اید، حتّی نام‌تان را هم نمی‌دانستید، پس از مدّتی خودتان، نام‌تان را از پی۱ و زی۱ گرفته، تا پی۷۳۰ و زی۷۳۰ گذاشتید و سیّاره‌ی سوچ را به دو قسمت مساوی تقسیم کردید، مابقی را هم مبینا، فریبا و فرهاد می‌دانند.

پیروز:

- نمی‌دانم تا کی می‌خواهی دروغ بگویی؟ اصرارِ فراوانِ تو بر خوردنِ هم‌زمانِ دانه‌ها معنای دیگری دارد.

فرهاد برگ را برداشت و فریاد زد:

- دروغ؟

سپس فندک را روشن کرد و گفت:

- فایده‌ای ندارد بگذارید این برگِ دروغگو را آتش بزنم تا عبرتی برای سایر برگ‌هایش باشد.

برگ سیشما:

- آه ایر به فریادم برس؛ اگر چنین کند، برگی از من باقی نمی‌ماند تا عبرت بگیرد، شما را به هر کس می‌پرستید من را از دستِ این، فندک به دستِ دیوانه رهایی دهید.

مبینا:

- دایی‌ام اصلاً هم دیوانه نیست؛ حقِّ دروغگو همین است، دایی جان زمین بگذارش دیگر دروغ نمی‌گوید، وقتی که دروغ بگوید چشمِ روی برگ، پر رنگ تر می‌شود و به راحتی مشخّص است که دروغ می‌گوید.

پیروز:

- به راستی؟ دقّتِ خوبی داری.

فریبا:

- تو انگار هنوز متوجه نیستی چه جنایتِ بزرگی انجام داده‌ای، جنایتی به وسعتِ ۸۰۰ سال.

برگ سیشما:

- چرا زیادش می‌کنی؟ ۳۸۴ سال.

پیروز:

- البته سالِ سوچ؛ به سال زمین دقیقاً می‌شود ۷۶۸ سال و ۳ ماه و ۲۷ روز.

آرش:

- همان ۸۰۰ سال، حالا چه فرقی دارد، اصلاً یک روز؛ سرگردانی بی‌باکانِ جور، خطای بزرگی است.

پیروز:

- دقیق و کامل بگو شاید از گناهت گذشتیم.

برگ سیشما:

- پس‌از خوردنِ دانه‌های سیاه همه چیز را فراموش کرده بودید جز یک چیز و آن این که زوج‌ها همیشه در کنار هم بودند؛ آن‌ها می‌دانستند ارتباطی با هم دارند اما چه ارتباطی، چرا و چگونه را نمی‌دانستند. تا چند روز هیچ کس سخن نمی‌گفت، با آزمودنِ سایه‌ها دریافته بودند که توانِ ایستادن در سایه‌ها را ندارند و همگی در امتدادِ غارها همراه با نور می‌چرخیدند، نخستین کلامی که بر زبان‌شان جاری شد، این بود؛ ما کیستیم؟

مبینا:

- از شما پرسیدند؟

برگِ سیشما:

نه؛ از خودشان؛ گویا با صدای بلند فکر می‌کردند، از این پیشامد، پشیمان شده بودم و می‌خواستم این سرگشتگی را پایان دهم؛ این بار قبل از انجام دادنِ هرکاری با همسرم سخن گفتم تا از غُر زدن‌های آینده‌ی او در امان بمانم. به همسرم گفتم: "بگذار تا رهایشان کنیم تا به شهرِ جور بازگردند." پاسخ داد: "اگر چنین کنی؛ هیچ گاه با تو سخن نخواهم گفت و دیگر هیچ گرده‌ای به سویت روان نخواهم کرد تا گل‌هایت را در برگیرند، هرچند میوه‌هایت توان

روییدن ندارند ولی خوب می‌دانم که از دیدنِ آن‌ها لذّتی فراوان می‌بری." گفتم: "آن‌ها حتّی نمی‌دانند نام‌شان چیست." گفت: "خودت نامی برایشان در نظر بگیر." گفتم: "تمام نام‌هایی که از میانِ سخنانِ پیروز شنیده‌ام به اندازه‌ی تمامی آن‌ها نیست." گفت: "نمی‌دانم راهی پیدا کن." گفتم: بگذار به تعدادِ نام‌هایی که می‌دانم را همین جا نگاه دارم و مابقی را بازگردانم." گفت: "همان که گفتم؛ حقِّ بازگرداندنِ هیچ کدام را نداری، حتّی یک تَن" پرسیدم: "ولی چگونه این همه را بِنامم؟" پاسخ داد: "همان‌گونه که دانه‌هایت را شمارش می‌کنی." پرسیدم: "چگونه؟" پاسخ داد: "نمی‌دانم، پیروز ۱، پیروز ۲ تا آخر و همین گونه زیبا؛ اکنون هم سخن نگو که از خوابم گذشته است." گفتم: "بیان کردن این‌ها سخت و دشوار است، چه کنم؟" پاسخی نداد؛ دریافتم که به خواب رفته است، این گونه بود که پس‌از چند روز فکر کردن به نتیجه‌ی پی‌۱ و زی‌۱ رسیدم.

فرهاد:

- یعنی به همین سادگی صدایشان زدی و نامشان را گذاشتی؟

برگ سیشما:

- نه در این فکر بودم که چگونه نام‌هایشان را بگویم و آن‌ها هم بپذیرند، که مشکلی دیگر پیش آمد.

فریبا:

- چه مشکلی؟

برگ سیشما:

- دو سؤال دیگر، به فکرشان آمده بود و با صدای بلند از خودشان می‌پرسیدند.

پیروز:

- چه سؤالی؟

برگ سیشما:

- ما را چه کسی ساخته و چگونه؛ جواب‌های مختلفی را در فکرم بررسی کردم، راستش را بخواهید ترس وجودم را فرا گرفته بود که با سؤال‌های دیگر چه کنم؟

مبینا:

- خوب بالاخره چه نتیجه‌ای گرفتی؟

برگ سیشما:

- در نهایت به این نتیجه رسیدم که پاسخِ پرسش‌هایشان را به گردنِ دیگری بیاندازم و از زبانِ خودم نگویم.

آرش:

- و این دیگری که بود؟

برگ سیشما:

- این دقیقاً همان سؤالی بود که از خودم پرسیدم و چندی به پاسخش اندیشیدم، باید قدرتی فراتر از خودم می‌ساختم تا پذیرفتن آن آسان باشد؛ ولی چه قدرتی و چه کسی؟ در سوچ که چیزی نبود، ابتدا موجودی خیالی ساکنِ غارِ ذهنم را در برگرفته بود ولی ترسِ آن را داشتم که راهی پیدا کنند و به درونِ غار بروند، فکرِ خوبی نبود؛ ناگهان سخنی از پیروز را به خاطر آوردم.

پیروز:

- کدام سخن؟

برگ سیشما:

- جایی میانِ سخن‌هایت گفتی که اردشیر، فَرّهی ایزدی را گرفت و پادشاهِ ایرانشهر شد، ذهنم از همان لحظه درگیرش شد تا یک روز از تو پرسیدم.

پیروز:

- آری به خاطر دارم؛ پرسیدی فَرّهی ایزدی چیست که اردشیر گرفت؟ و من پاسخ دادم: "نشانه‌ی پادشاهی که از ایزد به برگزیده‌ای اعطا می‌شود."

برگ سیشما:

- آری و من پرسیدم: ایزد کیست؟ و تو پاسخ دادی، همان کس که در آسمان است؛ ما و زمین را ساخته است و ما سر بر خاکِ عبادتش داریم.

پیروز:

- آری، چنین گفتم.

مبینا:

- خوب بعد چه شد؟

برگ سیشما:

- بهترین فکر همین بود؛ باید ایزدی قدرتمند می‌ساختم و همه چیز را بر دوش او می‌گذاشتم.

فریبا:

- خوب بعد؟

برگ سیشما:

- قدرتمندترین موجودی که تنهایی‌هایم را به سخن گفتن با او پر می‌کردم، هر چند که هیچ گاه پاسخی نداده بود؛ ولی به خوبی می‌دانستم که محتاجش هستم، آری بهتر از او پیدا نمی‌شد، آن‌ها هم که در پی او روان بودند؛ ایر؛ او بود که نور و گرمایش زندگی می‌بخشید و به راحتی باورش می‌کردند.

مبینا:

- این گونه شد که بلافاصله به آن‌ها آموختی به غار بروند؛ یکی یکی بسوزد و صبح پس از بیرون آمدن با دیدنِ ایر؛ ده بار با سینه بر خاک بخوابند و احترامش کنند، همین طور است؟

برگ سیشما:

- نه، بسیار فکر کردم که چگونه بگویم؛ تا این‌که آن اتّفاق افتاد.

آرش:

- چه اتّفاقی؟

برگ سیشما:

- یک روز همان‌گونه که از بالا همه‌ی آن‌ها را می‌دیدم متوجّه شدم یک زوج بر روی سنگِ دهانه‌ی غار نشستند، کنجکاو بودم که چه کاری می‌خواهند انجام دهند، چندی بعد همگی از مقابلِ من گذشتند و آن‌ها هنوز همان‌جا بودند.

فرهاد:

- خوب بعد؟

برگ سیشما:

- گویا قصدِ رفتن نداشتند، لحظاتی پس‌از رسیدنِ سایه، همان‌گونه که نشسته بودند به خواب فرو رفتند؛ وقتی که کامل تاریک شد و دیگر آن‌ها را نمی‌دیدم، متوجّه شدم که شروع به سوختن کردند و نوری کم‌رنگ و یک دست داشتند.

فریبا:

- چرا چنین کردند؟

برگ سیشما:

- نمی‌دانم شاید از چرخیدن به دورِ سوچ خسته شده بودند.

پیروز:

- به احتمالِ زیاد همین دلیل را داشته است، تجربه‌اش کرده‌ام.

آرش:

- بعد چه شد؟

برگ سیشما:

- آن شب را تا به صبح نخوابیدم؛ راستش را بخواهید بیشتر نگران بودم که از آن‌ها شعله‌ای برخیزد و ابتدا برگهای خشک ساویچ و سپس همگی بسوزیم؛ به محضِ روشن شدن؛ دو کودک ده ساله دیدم که بر سنگ نشسته بودند، چندی بعد دیگران رسیدند و با دیدنِ آن‌ها پرسیدند: شما که هستید و از کجا آمده‌اید؟ متوجّه شدم که آن دو کودک؛ حتّی خاطراتِ پیش از سوختنشان را هم نمی‌دانند؛ فکری سریع از خاطرم گذشت، آری بهترین راه همین بود؛ صبر کردم تا همگی به نزدیکِ من رسیدند.

مبینا:

- چه فکری؟

برگ سیشما:

شما خسته نشدید؟ من که خسته‌ام فرصتی می‌خواهم تا نفسی تازه کنم.

فریبا:

- فکرِ خوبی است، کمی استراحت می‌کنیم.

فرهاد:

- به این شکل پیش برویم که کارمان به شب می‌کشد.

مبینا:

- شب بشود چه عیبی دارد؟

فرهاد:

- شب باید خانه باشیم، مأمورِ پرونده؟

مبینا:

- نگران نباش به محضِ رسیدنِ ما به خانه و دیدنِ ما؛ خودش می‌آید.

فرهاد:

- شام و تنقّلات؟

فریبا:

- از همین روستای خِوید چیزی می‌گیریم.

فرهاد:

- یعنی شب همین‌جا بمانیم؟

فریبا:

- جای بهتری سراغ داری؟ فهمیدم! اصلاً برویم دوراهیِ میمند، کنارِ سد.

پیروز:

- در میانه‌ی راهِ میمند، اکنون سدی برپا شده است؟ برویم، مشتاقِ دیدن شدم.

مبینا:

- اصلاً حرفش را هم نزنید؛ به طرفِ شیراز نمی‌توانیم برویم.

آرش:

- شیراز؟ شیراز دیگر کجاست؟

مبینا:

- شهری که پس‌از کم رونق شدنِ اصطخر و بعد از متروکه شدنش؛ برپا شد و اکنون مرکز استان فارس یا همان ایالتِ پارس است.

پیروز:

- یعنی اصطخر هم ویران شده است؟

مبینا:

- بیشتر شهرهایی که شما می‌شناسید اکنون وجود بیرونی ندارند، بخشی از تاریخ شده‌اند.

آرش:

- وای بر من، جهانی که اکنون در آن هستم، بسیار ناشناخته‌تر و ترسناک‌تر از آن است که تا این لحظه می‌اندیشیدم، گمانم همین ارّابه‌ی عجیب و وسایلِ بدیع بود و این‌جامه‌های غریب.

پیروز:

- این شهرِ شیراز که می‌گویی در کنارِ اصطخر برپا شده است؟

مبینا:

- نه حدود پنجاه کیلومتر یا همان فرسخِ شما نزدیک‌تر است.

فریبا:

- دخترم اگر کلاسِ تاریخت تمام شده، می‌شود بگویی چرا نمی‌توانیم کنارِ سد برویم؟

فرهاد پاسخ داد:

- این هم جزئی از نقشه‌ی خانمِ ماریِل است.

فریبا:

- یعنی چه؟

فرهاد:

- بهتر است بگویی چرا لباسِ من و پیروز عوض شد؟ چرا ماشینِ ما عوض شد؟

فریبا:

- خوب چرا؟

فرهاد می‌خندد و پاسخ می‌دهد:

- اکنون؛ مأمور یا مأمورانِ پرونده به دنبالِ من جایی اطرافِ قلعه‌ی دختر سرگردان شده‌اند.

فریبا:

- درست حرف بزن تا بفهمم چه می‌گویی.

مبینا:

- مامان جان در حیاط برگه‌ای به دایی دادم و گفتم هر چه درباره‌ی کمک به پیروز گفتم؛ شوخی کردم، کاری به پیروز ندارم، این کاغذ را در میانِ لباس‌های مامان پیدا کردم؛ نگاه کن خودت می‌فهمی.

فریبا:

- برگه؟ میانِ لباس‌های من؟ چه می‌گویی؟

مبینا:

- روی برگه نوشته بودم؛ به احتمالِ زیاد در لباسِ شما و پیروز وسایل ردیابی یا میکروفون کار گذاشته باشند، من و مامان؛ لباس‌هایمان را عوض کرده‌ایم؛ شما هم باید لباس‌های خود را عوض کنید. اکنون کاری که می‌کنی؛ این است؛ با صدای بلند به شکلی که یعنی ناراحت شده‌ای؛ بگو «باشد، دایی جان پیگیری می‌کنم نگران نباش»؛ دایی هم، همان جمله را که نوشته بودم، گفت؛ سپس دو برگه‌ی دیگر به او دادم که تمامِ کارهایی که باید بکنیم را روی آن نوشته بودم و گفتم این‌ها هم هست بخوان، من به داخل می‌روم.

فریبا:

- پس بگو؛ این‌ها را در اتاق می‌نوشتی؟ وقتی از تو پرسیدم چه می‌نویسی؟ جواب دادی راز است، به زودی می‌فهمی!

مبینا خندید و فرهاد گفت:

- پس‌از حرکت؛ با مسابقه‌ی حرف نزدن شروع شد، در مغازه‌ی قصّابی برگه‌ی دیگر را به برادرم آرش دادم و او هم خواند، بلافاصله؛ لباسمان و سپس کلیدِ ماشین را عوض کردیم؛ آرش هم طبقِ نقشه‌ی خانمِ مارپل بعد از ما، مغازه را بسته، با لباس‌ها و ماشین من در حالی‌که لباس‌های قبلی پیروز را درونِ بقچه به همراه داشته، به طرفِ قلعه‌ی دختر حرکت کرده، بدونِ تردید اکنون جایی همان حوالی پنهان شده است، ولی تا شب، دَمار از روزگارش در می‌آید.

فریبا:

- چه می‌گویی؟ چرا!؟

فرهاد:

- او هم مانندِ من، یک پیامک برای همسرش فرستاده و نوشته گوشی‌ام شارژ ندارد، اگر خاموش شد نگران نباش، بعد هم بدونِ شک گوشی‌اش را مثل من

خاموش کرده، اکنون هم هیچ سرگرمی برای خود ندارد، از این بدتر آن که تا شب، حتّی اجازه‌ی حرف زدن هم ندارد.

فرهاد خندید، نگاهی به مبینا کرد و ادامه داد:

- دایی فقط خدا می‌داند تا چه زمانی نازِ آرش را باید به جان بخری؟ من که همه چیز را به گردنِ تو می‌اندازم، خود دانی.

مبینا:

- دایی آرش هم مثل خودت بهترین دایی دنیاست، نازش هم خریدن دارد.

فریبا:

- مبینا؛ خانمِ مارپل را هم درس می‌دهد.

پیروز:

- خانمِ مارپل دیگر کیست؟

مبینا:

- شخصیّتِ اصلیِ داستان‌های جناییِ آگاتا کریستی است.

آرش:

- آگاتا کریستی؟

مبینا:

- نویسنده‌ی داستان، انگلیسی است؛ ایرانی نیست.

فریبا:

- از این کارآگاه بازی‌ها بگذریم؛ بالاخره کجا برویم؟

فرهاد:

- دوستم یک باغچه‌ی زیبا در همین روستای خوید دارد، حیف که گوشی‌ام خاموش است وگرنه با یک تماسِ تلفنی ردیفش می‌کردم.

مبینا:

- با گوشی من زنگ بزن.

فرهاد:

- شماره‌اش؟

مبینا:

- یک لحظه گوشی‌ات را روشن کن؛ شماره را بردار و سریع خاموش کن.

فرهاد:

- چشم خانمِ مارپل، سپس بلافاصله چنین کرد، برخاست و در حالی‌که با گوشی مشغول برقراری تماس شده بود، قدم زنان دور شد.

فریبا رو به مبینا کرد و پرسید:

- مامان به من هم گفتی گوشی‌ات را خاموش کن، پس چرا گوشی خودت روشن است؟

مبینا:

- یادت نیست سیم کارت به نام دختر عمّه‌ام، ژاله خریدیم؟ خیالت راحت؛ تا بخواهند بفهمند، کارِ ما تمام شده است.

فرهاد با لبخندی بازگشت و گفت:

- بلند شوید و جمع کنید تا برویم، ردیف شد.

فریبا:

- پس کلیدش؟

فرهاد:

- آدرسِ جایی که پنهان کرده را داد، ده دقیقه‌ی دیگر آن جا هستیم، قبلاً چند بار رفته‌ام جای باصفایی است.

دقایقی بعد پس‌از خریدِ مایحتاجِ خود، از مغازه‌های روستا، همگی بر سکوی جلوی ساختمانِ کوچک در میانِ باغچه‌ای باصفا نشسته بودند. فرهاد همان‌گونه که مانندِ دیگران مشغولِ خوردنِ تنقُّلات شده بود، گفت:

- خوب زنگِ استراحت تمام شد؛ برگِ سیشما را وسط بگذار تا ادامه‌ی بازپرسی را شروع کنیم.

مبینا همچون قبل برگ سیشما را روی دفترچه‌ی خاطراتش گذاشت.

- فرهاد:

- نفس تازه کردی؟ حالا ادامه بده.

برگ سیشما:

- چه می‌گفتم؟

پیروز:

- فکری سریع از خاطرت گذشت، صبر کردی تا همگی به نزدیک تو رسیدند؛ خوب بعد؟

برگ سیشما:

- گفتم "من می‌دانم." همگی پیرامونِ خود را نگریستند؛ یک نفر بلند پرسید: "چه کسی می‌داند؟" سکوتی سنگین شکل گرفت؛ دوباره گفتم: "من می‌دانم" نگاه همگی به سمتِ من چرخید و با تردید پیرامونِ من جمع شدند، یکی پرسید: "تو کیستی؟" گفتم: "درختِ سیشما، داناترین موجود از سیّاره‌ی سوچ در منظومه‌ی ایر از کهکشانِ آن" یکی پرسید: "این‌ها را از کجا می‌دانی؟" گفتم: "من هم سنِّ سیّاره‌ی سوچ هستم و شما اکنون، تنها چند روزی بیش نیست که قدم بر این خاک گذاشته‌اید." یکی پرسید: "ما چه کسی هستیم؟" دیگری پرسید: "ما این‌جا چه می‌کنیم؟" گفتم: "شما را به تازگی ایر ساخته است و هنوز کامل نشده‌اید، باد از جانبِ ایر فرمان آورده است که شما را به جشنِ مهرگان بخوانم."

مبینا:

- چرا جشن؟

برگ سیشما:

- راستش را بخواهید دلم برای جشن و پایکوبی که پیروز و زیبا در روزهای آغازین ورودشان به سوچ انجام می‌دادند تنگ شده بود، تا آن لحظه چنین چرخشِ دلنشینی ندیده بودم و خنده‌ها و دست زدن‌هایی که صدایی دلنشین داشت.

پیروز:

- چرا مهرگان؟

برگ سیشما:

- این تنها نامی بود که از میانِ سخنانت به یاد داشتم.

آرش:

- خوب بعد چه شد؟

برگ سیشما ادامه داد:

- یکی پرسید: "جشنِ مهرگان دیگر چیست؟" گفتم: "به تازگی دو تَن از شما به کمالِ خود رسیده‌اند و اکنون صاحبِ نام شده‌اند" با شاخه‌ام آن‌ها را نشان دادم و ادامه دادم: "راه را برای آن‌ها باز کنید تا نزدیک شوند." نزدیک به من که شدند، گفتم: "شما باید به خودتان افتخار کنید که نخستین کمال یافتگانِ سوچ هستید و ایر برای شما نامی برگزیده است، تو از این پس پی۱ هستی و تو زی۱؛ اکنون همگی به شکرانه‌ی این کمال، جشن بگیرید، پایکوبی کنید و دست افشانی، بخندید و شادمان باشید." یکی پرسید: "این کارهایی که گفتی را چگونه باید انجام دهیم؟" آن روز را تا دیر هنگام به آموزشِ حرکاتِ موزونی که از زیبا و پیروز در خاطر داشتم؛ گذراندیم؛ چیزی به شب نمانده بود که گفتم: "برای امروز کافی است، فردا دوباره جشنِ مهرگان خواهیم داشت." سپس زوجی که بیشترین تلاش برای یادگیری را کرده بودند، نشان دادم و گفتم: "و امّا شما به پاسِ تلاش‌های زیادتان از جانبِ ایر انتخاب شدید تا به کمالِ مطلوب برسید، شما این‌جا بمانید تا پیامِ ایر را برایتان بگویم یکی گفت: "پس ما چه؟" گفتم: "نگران نباشید نوبت به

شما هم خواهد رسید؛ اکنون چون هر روز با ایر همراه شوید." یکی پرسید: "این ایر که می‌گویی کیست؟" با شاخه‌ای نشان‌شان دادم و گفتم: "کافی است سر بلند کنید، بخشش و مهربانی‌اش آشکار است، تا کنون در نیافته‌اید که اگر لحظه‌ای از شما چشم برگیرد و خاموش شود، چه می‌شود؟ او دوست‌دارِ شماست، شما هم دوست‌دارش باشید و برای راضی ماندنش کوشش کنید، اکنون راهی شوید که وقت تنگ است." پس از آن‌که همگی دور شدند؛ غار را به زوجِ منتخب نشان دادم و گفتم "به سمتِ غار بروید و روی سنگی که بر دهانه‌ی غار است بنشینید و صبر پیشه‌ی خود کنید، آن جا وعده‌گاهِ شما با ایر است، از تاریکی نَهراسید که پس از هر تاریکی، روشنایی هویدا خواهد شد؛ پیروزی شما بر ترسِ از تاریکی برابر است با رسیدن به کمالِ مطلوب؛ پس تردید به دل راه ندهید و اکنون راهی شوید."

مبینا:

- یعنی به همین راحتی حاضر شدند به سمتِ غار بروند؟

فریبا:

- مامان، چرا نروند؟ وعده‌ی رسیدن به کمال، جذّاب به نظر می‌رسیده.

مبینا:

- یعنی از تاریکی نترسیدند؟

پیروز:

- یادت نیست این‌ها؛ تا پیش از این بی‌باکانِ جور بودند و با ترس بیگانه.

آرش:

- باید بودید و با چشمانِ خود می‌دیدید که چگونه به سودایِ رسیدن به آزادی دست از جان شسته بودند.

فرهاد:

- بگذارید برگِ سیشما ادامه دهد وگرنه زمان را از دست خواهیم داد و به نتیجه‌ای نخواهیم رسید.

پیروز:

- به راستی چنین است که می‌گویی؛ سپس به برگ نگاهی انداخت و پرسید: خوب بعد چه شد؟

برگ سیشما:

- روزهای بسیاری به همین شکل گذشت و هرچه پیش‌تر می‌رفتیم، جشن مهرگانِ به کمال رسیدنِ پی‌ها و زی‌ها با شکوه‌تر شکل می‌گرفت و بر عَطَشِ باقی‌ماندگان برای تکامل افزوده می‌شد؛ گاهی عدّه‌ای گلایه می‌کردند که چرا نوبت به آن‌ها نرسیده است، به فکرِ علاجِ این گلایه‌ها بودم و راهکاری مناسب‌تر از دویدن نیافتم، یک روز، به همگی گفتم: "امروز هم، چونان روزهای گذشته، این زوج به پاسِ تلاش‌های زیادشان از جانبِ ایر انتخاب شده‌اند؛ ولی از فردا ایر چنین می‌خواهد که پس‌از دیدارِ صبحگاهیِ کمال یافتگان؛ به ایر نگاه کنید و همگی با هم ده مرتبه بر سینه، روی خاک بخوابید و برخیزید؛ سپس زوج‌ها دست در دست هم دهید و با شمارش یک، دو، سه؛ به سمت من بدوید؛ هر زوجی که زودتر تنه‌ی من را لمس کرد، پادشاهِ قصّه‌گوییِ من خواهد شد و در پایانِ روز به افتخار تکامل می‌رسد؛ چنین شد که از آن روز شروع کردم به گفتن قصّه‌های فراوانی که از زبانِ پیروز شنیده بودم."

مبینا:

- چه جالب مسابقه‌ای که پی ۳۲۰ می‌گفت این‌گونه شروع شده است، ولی یک نکته‌ی مهم هنوز مانده است؛ جدا شدنِ پی‌ها و زی‌ها؟ دیوارِ بلند؟

برگ سیشما آهی کشید و ادامه داد:

- ای کاش هیچ وقت شروع به قصّه‌گویی نکرده بودم؛ دردسرِ بزرگی در حالِ شکل گرفتن بود؛ هر روز قصّه‌گویی می‌کردم و شب هنگام پیش از خوابیدنم؛ چون همیشه با شوق از رویدادهای آن روز؛ برای همسرم می‌گفتم؛ غافل از آن که این کار باعث شده بود همگی پیرامونِ من جمع شوند و اهمیّتِ چندانی

به همسرم که تلاش می‌کرد راهی به دل‌هایشان بیابد؛ نمی‌دادند؛ پس از چندی آن اتّفاقِ شوم افتاد.

فریبا:

- چه اتّفاقی؟

برگ سیشما:

- آن شب را درست به خاطر دارم؛ نوبتِ سوختن پیروز و زیبا شده بود؛ با شوقِ فراوان شروع به تعریف، برای همسرم کردم. به تندی پاسخ داد و گفت: "بس کن، نمی‌خواهم چیزی بشنوم؛ از این پس با تو سخن نخواهم گفت و دیگر هیچ گرده‌ای به سویت روان نخواهم کرد." گفتم: "چرا؟" من که همه‌ی این کارها را برای خوشنودی تو کردم. گفت: "برای من؟" خنده‌ی بلندی کرد و گفت اراجیف می‌بافی." گفتم: "مگر چه شده است؟" گفت: "می‌خواستی چه شود؟ همگی را به تنهایی تَصاحُب کرده‌ای." گفتم: "اشتباه می‌کنی." گفت: "فقط یک راه برایت باقی‌مانده است." پرسیدم: "چه راهی؟" پاسخ داد: "باید سوچ به دو قسمت مساوی تقسیم شود، نیمی از سوچ و آن‌ها برای من، نیمی دیگر ارزانی خودت باشد." گفتم: "یعنی چه؟" گفت: "همین که شنیدی" گفتم: "آخر این‌ها باید به همراه نور ایر بچرخند؛ نمی‌توانند در یک نیمه از سوچ بمانند." گفت: "من این سخن‌ها را نمی‌فهمم، خودت باعث شده‌ای کار به این‌جا بکشد؛ خودت هم راهی پیدا کن وگرنه همان که گفتم؛ از این لحظه دیگر پاسخت را نخواهم گفت؛ تا بدانی که دیگر راهی نیست.

برگ سیشما آهی کشید و دوباره شروع به تعریف کرد.

- از آن لحظه هر چه گفتم و راه‌های مختلفی پیشنهاد دادم، هیچ پاسخی نداد؛ دریافتم که چاره‌ای جز آن‌چه می‌خواست ندارم؛ آن شب را تا به صبح نخوابیدم؛ راستش را بخواهید هیچ راهی به خاطرم نمی‌رسید؛ در آن تاریکی شب، تنها نور یک‌دست حاصل از سوختنِ پیروز و زیبا را می‌دیدم و امیدی که درونم می‌سوخت؛ فردا، نورِ ایر، سنگِ وعده‌گاه را روشن کرد؛ پی‌۳۰۰ و زی‌۳۰۰ به وجود آمدند؛ دیگران از راه رسیدند؛ مراسمِ احترام به ایر و بعد

هم مسابقه، دست پی‌۳۰۱ و زی‌۳۰۱ روزِ بعد که تنه‌ام را لمس کرد از اندوهی بزرگ انباشته بودم؛ چون هر روز جشن مهرگان برپا شد ولی من در خودم سرگردان بودم؛ می‌خواستم معجونِ پیروز را که اکنون دیگر خشک شده بود و به دانه‌های قرمز و سبز تبدیل شده بود بینِ همگی تقسیم کنم تا بخورند و به جور بازگردند؛ ولی این هم مشکلم را حل نمی‌کرد؛ از آن گذشته دلبستگیِ شدیدی به حضورشان پیدا کرده بودم و این باعث شده بود که دل کندن از آن‌ها ناممکن شود؛ تصمیم گرفتم آن شب همگی بسوزند و کودک شوند؛ فردا شروعی دوباره آغاز کنم و این بار قصّه‌گویی نکنم.

فرهاد:

- یعنی آن شب همگی را سوزاندی؟

فریبا:

- داداش! صبر داشته باش؛ خودش می‌گوید.

برگ سیشما:

- یکی فریاد زد "سیشمای مهربان حواست کجاست؟ اکنون نوبت به قصّه‌گویی رسیده است؛" آن روز را به خوبی در خاطر دارم، قصّه‌ی علی بابا و چهل دزدِ بغداد را برایشان گفتم؛ پس از پایانِ قصّه فریاد زدم، "همگی ساکت باشید؛ سپس برگ‌هایم را بستم و پس از دقایقی آن‌ها را گشودم؛ سپس گفتم فرمان جدیدی از جانبِ ایر رسیده است؛ به‌زودی آزمونی بزرگ برای زوج منتخب و تمامی شما در سیّاره‌ی سوچ برپا خواهد شد." یکی پرسید: "چه آزمونی؟" گفتم: "آزمونِ شجاعت و سکوت" دیگری پرسید: "چگونه؟" گفتم: "از تاریکی نهراسید و هرچه دیدید ساکت باشید؛ آزمونِ سکوتِ شما از هم اکنون شروع خواهد شد تا طلوعِ صبحِ فردا؛ متوجّه شدید؟" بیشترشان پاسخ دادند: "بله" گفتم: "خیلی از شما که اکنون؛ در این آزمون شکست خوردید؛ این بار همه‌ی خطاکاران بخشیده شدند، ولی مراقبِ تکرارِ خطایتان باشید که بخششی در کار نخواهد بود، آزمونِ سکوت بسیار دشوار است، متوجّه شدید؟" این بار همگی ساکت ماندند. گفتم: "آفرین بر شما برگزیدگان و

بی‌باکانِ سوچ؛ اکنون همگی در جای خود ساکت بنشینید." ساعتی بعد گفتم: "آفرین بر شما برگزیدگانِ ایر، اکنون زوجِ منتخب برخیزید." غار را با شاخه‌ام نشان‌شان دادم و گفتم: "به سمتِ وعده‌گاهِ ایر بروید؛ سپس به درونِ غار بروید؛ در میانه‌ی غار ساکت بنشینید و چشم‌های خود را ببندید؛ از هیچ نهراسید که آزمونِ شجاعت از هم‌اکنون آغاز شده و ایر نگاهبانِ شما برگزیدگان است." زوجِ منتخب روان شدند و آن‌ها را می‌دیدم که به غار رسیدند و وارد غار شدند؛ چندی بعد با دیدنِ نور کم رنگی که از دهانه‌ی غار پیدا بود؛ رو به دیگران کردم و گفتم: "و اما شما، وظیفه‌ی آسان‌تری دارید؛ زمانی که گفتم همگی برخیزید و به سمتِ غار بروید؛ سپس داخلِ غار شوید؛ وقتی که وارد شدید زوجِ منتخب را روشن و نورانی می‌بینید؛ نهراسید و نگرانی به دل راه ندهید؛ گرداگردِ آن‌ها به گونه‌ای بنشینید که همگی زوجِ منتخب را ببینید؛ وظیفه‌ی شما دیدنِ آن‌ها و سکوت تا صبح است؛ صبحِ فردا همگی از غار خارج شوید؛ برای همگی آرزوی پیروزی در این آزمونِ سخت را دارم؛ ایر پشت و پناهتان باشد؛ اکنون برخیزید و به جنگِ ترس‌های درونتان بروید."

مبینا:

- یعنی همگی رفتند؟

فریبا:

- فکر نکنم.

فرهاد:

- مگر دیوانه شده‌اند که بروند؟

آرش:

- از بی‌باکانِ جور بعید نیست که همگی رفته باشند؛ بی‌باکی‌شان را دیده‌ام که می‌گویم.

پیروز به برگ نگاهی انداخت و پرسید:

- بالاخره چه شد؟

برگ سیشما:

- راستش را بخواهید؛ نگرانی بزرگی از درون متلاشی‌ام می‌کرد؛ ترسِ نافرمانی و سرکشیِ آن‌ها یک لحظه آرامم نمی‌کرد؛ با حیرتی تمام ناشدنی با همه‌ی چشم‌های خود دیدم که همگی وارد غار شدند. هنوز هم باورش برای من دشوار است که چنین جسارتی داشتند؛ آن شب هم تا صبح دیده بر هم نگذاشتم؛ ترس امانم را بریده بود؛ مبادا یک تَن از این ۷۳۰ زوج در حال سوختن به سمتِ من بیاید و انتقام بگیرد؛ سؤال دیگری هم که تا آن لحظه به آن نیاندیشیده بودم؛ آزارم می‌داد؛ کودکان، پس‌از سوختن چه می‌شدند؟ گاهی کسانی را در حالِ سوختن می‌دیدم که نعره کشان به سمتِ من می‌دویدند و گاهی دیگر کودکانِ ریز و درشتی در خاطرم می‌نشست که بی توجه به من؛ مشغول خراب کردنِ سوچ بودند؛ درختچه‌های ساویچ را تکّه‌تکّه می‌کردند؛ برگهایم را نشانه می‌گرفتند و به سویشان سنگ پرتاب می‌کردند؛ آن شب تا صبح بیش از تمامی عمرم زجر کشیدم.

مبینا:

- از صبح بگو، چه شد؟

برگ سیشما:

- صبح در حالی‌که به شدّت نگران بودم؛ همگی را دیدم که از غار خارج شدند؛ بر خلافِ تَصَوُّراتم دیگران که پس از زوجِ منتخب راهیِ غار شده بودند؛ نسوخته بودند، مراسمِ احترام به ایر را برپا کردند؛ با دیدنِ مراسم؛ درونم کمی آرام گرفت؛ سپس همگی به سمتم دویدند، نمی‌دانستم پس‌از رسیدنشان چه خواهد شد و چه باید می‌گفتم. اولین زوج که دستشان تنه‌ی من را لمس کرد، جشن مهرگانِ پی‌۳۰۱ و زی‌۳۰۱ را باشکوه‌تر از پیش برپا کردند؛ خوشحال بودند که از آزمون؛ سربلند بیرون آمده‌اند و من از شادی، سوزشِ چشمانم، که از بی‌خوابیِ دو شبِ پیش بود، را فراموش کرده بودم. پس‌از جشن، همگی گرداگردِ من نشستند و آماده‌ی شنیدن قصّه بودند که

ناگهان پی‌۳۰۰ که اکنون کودکی شده بود پرسید: "چرا شبِ قبل آن دو سوختند؟ چرا من باید زی ۳۰۰ را دوست داشته باشم و همیشه با او بمانم؟" رَعشه‌ی نرمی تمام برگهایم را در بر گرفت، ترسِ از پرسش‌هایِ بیشتر، کُشنده بود؛ لحظه‌ای سکوت کردم و به پاسخ اندیشیدم؛ "آهی کشیدم و گفتم: چرا !!!!؟ آن هم در آن‌چه ایر تکلیف کرده است؟ خطایی نابخشودنی است؛ ایر به فریادمان برسد، فقط خودش می‌داند که درست از همان لحظه‌ای که از فرارسیدن آزمونِ بزرگ مطّلع شدم؛ چه نجواها که با ایر نکردم تا از آن سربلند خارج شوید؛ اکنون دو شبانه‌روز است که چشم بر هم نگذاشته‌ام و مشغولِ نجوا با ایر بوده‌ام؛ آیا پاداشِ من این است؟ امروز هیچ قصّه‌ای نخواهم گفت و شما همانندِ روزِ پیش دوباره آزمون خواهید داشت، من چشم‌های خود را می‌بندم تا در خواب به ملاقاتِ ایر بروم، شاید توانستم راضی‌اش کنم که از این خطای بزرگ درگذرد، فردا پس از جشن با شما سخن خواهم گفت؛ آزمونِ سکوتِ شما از هم‌اکنون شروع خواهد شد؛ سپس چشم‌هایم را بستم و خوابیدم."

فریبا:

- مگر چه پرسید که این همه سختگیرانه برخورد کردی.

مبینا:

- حتماً دلیلِ دیگری داشته است.

پیروز:

- با سیاستی زیرکانه، تمامی سؤال‌ها را در نطفه خفه کرده است تا کسی را یارای پرسیدن نباشد.

آرش:

- به راستی چنین است او سیَاسّی چیره‌دست است.

فرهاد که مدتی بود همراه گوش دادن، مقدمات کباب را آماده می‌کرد و آتش کوچکی در منقل برافروخته بود تا زغال‌ها آماده شوند، بالبخندی گفت:

- خوابش گرفته بود، این سؤال‌ها را بهانه کرد؛ شاید هم ترکیبی از هر دو، بگذریم بعد چه شد؟

برگ سیشما:

- فردای آن روز؛ پس‌از جشن مهرگانِ پی‌۳۰۲ و زی‌۳۰۲ نخست قصّه‌ی کوتاهی برایشان گفتم؛ پس‌از آن آهی بلند کشیدم و گفتم: "و اما ایر مهربان به شرطی از این خطای بزرگ می‌گذرد که خواسته‌اش را اجابت کنید." یکی پرسید: "چه خواسته‌ای؟" پاسخ دادم: "هم‌اکنون لازم است تمامی زی‌ها و همچنین زی‌های آینده به سمتِ همسرم مهاجرت کنند، تمامی پی‌ها و پی‌های آینده همین جا می‌مانند." همگی حیران من را می‌نگریستند و هیچ کدام، اقدامی برای حرکت از خود نشان نداد؛ کم‌کم پِچ‌پِچه‌هایی به گوشم می‌رسید؛ ترس از نافرمانی آن‌ها به جانم افتاده بود؛ چیزی نمانده بود که از ترس قالِب تُهی کنم، ناگهان ایر خاموش شد و ترس به جانِ همگی افتاد؛ من از خوشحالی سر از پا نمی‌شناختم.

مبینا:

- چرا خوشحال شدی؟

برگ سیشما:

- اتّفاقی که منتظرش بودم؛ چون هر سال روی داده بود و همانطور که گمان می‌کردم همگی ترسیده بودند.

مبینا:

- یعنی هرسال ایر خاموش می‌شود؟

برگ سیشما:

- بله؛ درست همان روز و همان ساعت؛ چونان همیشه؛ بلافاصله فریاد برآوردم: "نترسید و نگران نباشید ایر به زودی باز خواهد گشت؛" پس‌از لختی ایر دوباره روشن شد و من با صدایی بلند گفتم: "این تنها هشدارِ کوچکی بود برای تمامی کسانی که تردید به دل راه داده بودند، در صورتی که خواسته‌اش

را اجابت نکنید از شما چشم برمی‌گیرد و آن قدر خاموش می‌ماند تا همگیِ شما نابود شوید؛ سپس پی‌ها و زی‌های جدیدی خواهد ساخت که با تمامِ وجود نگرانِ رسیدن به کمال باشند و فرمان پذیر." چندی سکوت کردم تا ترس، تمامِ وجودشان را در بر گیرد. پیِ ۱ با صدایی لرزان پرسید: "اکنون چه کنیم تا ایر خشنود باشد؟" گفتم: "همان که گفتم؛ تا ۱۰ می‌شمارم پس از آن تمامی زی‌ها و زی‌های آینده، به حرکت در آیند و به سمتِ همسرم مهاجرت کنند؛ سپس شروع به شمارش کردم؛ هنوز به ۵ نرسیده بودم که بیشترِ آن‌ها شروع به رفتن کرده بودند؛ بعد از گفتن ۱۰ همگی در حال رفتن بودند؛ پی‌ها و پی‌های آینده به آرامی پشت سرشان می‌رفتند؛ فریاد زدم: "آهای پی‌ها بَدرقه کافی است همگی باز گردید." همگی بازگشتند؛ "پیِ ۳۰۳ که آن شب نوبت به سوختنش رسیده بود پرسید: این هِجر کِی به پایان می‌رسد؟" گفتم: "نگران نباشید؛ ایر مهربان است و به یقین دلیلی برای این کار دارد؛ هر وقت صلاح دانست این هجر به پایان می‌رسد."

پیروز:

- وای بر من که این همه افراد را، به سودایی واهی روانه‌ی این دامگاه کردم؛ باورش برایم سخت است که این همان درختِ سیشما است.

فریبا:

- چه طور دلت آمد آن‌ها را از هم جدا کنی؟ گناه داشتند.

مبینا:

- سنگدل

آرش:

- سنگدل برای او کافی نیست، پلشتی‌های او بسیار نمایان است.

برگ سیشما:

-   می‌دانم حق با شماست؛ راستش خودم در این آرزو بودم؛ هرچه زودتر همسرم را راضی کنم که دوباره در کنار هم باشند؛ با هم بودنشان را بیشتر دوست می‌داشتم.

فرهاد:

-   خوب بالاخره همسرت راضی شد؟

مبینا:

-   این چه سؤالی است دایی جان؛ خوب معلوم است که نه، مگر یادت نیست پی۳۰۰ می‌گفت: ما کاری با هم نداریم.

رو به برگ کرد و پرسید:

-   حتماً بعد هم وادارشان کردی دیوار بلندی بسازند، درست است؟

برگ سیشما:

-   نه هنوز به بازگشت زی‌ها امیدوار بودم.

فریبا:

-   پس دیوار چطور ساخته شد؟

برگ سیشما خمیازه‌ای کشید و گفت:

-   اکنون زمانِ خواب من رسیده است، فردا خواهم گفت.

پیروز:

-   ما برای دیدنِ خواب تو این‌جا نیامده‌ایم.

آرش:

-   خواب را فراموش کن، زمان اندک است و ناگفته‌ها بسیار.

فرهاد:

-   کم‌کم مأمورِ پرونده موضوع را فهمیده و به زودی همه‌ی ما را پیدا می‌کنند، فرصتی برای خوابیدن نداری.

برگ سیشما:

- خوب پیدا کنند.

مبینا:

- فکر می‌کنی اگر مأموران، تو را پیدا کنند به همین سؤال‌های ساده ختم می‌شود؟ بلایی بر سرت می‌آید که هزاران بار آرزوی سوختن کنی.

برگ سیشما:

- چرا؟

فریبا:

- برگی که حرف می‌زند، کم‌ترین بلایی که سرت می‌آید آزمایش‌های پی‌درپی، برای شناختِ عناصرِ تشکیل دهنده‌ات خواهد بود.

مبینا:

- این یعنی تا ابد در زمین می‌مانی، حال آن‌که می‌توانی با آرش و پیروز به سوچ بازگردی و به زندگی ادامه دهی.

فرهاد برگ را برداشت به نزدیک منقل برد و گفت:

- خودتان را اذیّت نکنید، علاوه بر جوجه، هوسِ کبابِ برگ هم کرده‌ام.

برگ سیشما:

- باز این فرهاد دیوانه شد، من را بازگردان، نمی‌خوابم.

فرهاد برگ را بازگرداند و گفت:

- آفرین حالا شدی برگ سیشمای عاقل، خوب حالا درباره‌ی آن دیوار که خواهرم پرسید، بگو.

برگ سیشما:

- همسرم چند روزی همان‌گونه که از بالا دیده بود؛ برایش گفته بودم و هرشب می‌گفتم؛ زی‌ها را به سمتِ غارِ خودشان فرستاد، صبح پس از بیرون آمدن با دیدنِ ایر احترام می‌گذاشتند و به سمتِ همسرم می‌دویدند؛ جشنِ مهرگانِ

زیها را برپا می‌کردند و همسرم برایشان قصّه‌گویی می‌کرد؛ ولی کم‌کم بعضی از زیها صبحِ زود به نزدیکی مرزی که مشخّص کرده بودم می‌آمدند و با حسرت پیها و من را می‌نگریستند. من مشکل کم‌تری داشتم آن‌قدر با هیجان پیها را به قصّه‌گویی مشغول می‌کردم که فرصتِ فکر کردن به زیها را نداشتند، این نگاه‌های حسرت بارِ زیها؛ کارِ من را برای راضی کردنِ همسرم هر روز دشوارتر کرد تا جایی که همسرم، اصرار به ساختنِ دیوار کرد و من به اجبار پذیرفتم. پس‌از جشن مهرگانِ پیِ۵۳۴ فریادی بلند زدم و به پیها گفتم: "واحسرتا از این زیها" پیِ۲۷ پرسید: "مگر چه شده است؟" گفتم: "خطایی نابخشودنی مرتکب شده‌اند و به زودی به نفرینِ ایر دچار خواهند شد." پیِ۲۵۶ پرسید: "چه خطایی؟" گفتم: "من هم به درستی نمی‌دانم، ایر از من خواسته تا به شما بگویم برای نجاتِ خود دست به کار شوید و هرچه زودتر دیواری بر روی مرزِ تعیین شده بسازید؛ تا نفرینِ آن‌ها دامنِ شما را نگیرد وگرنه شما هم به همراهِ آن‌ها نابود خواهید شد. پیِ۳۶۵ پرسید: "اگر قبل از تمام شدنِ دیوار، نفرینِ ایر جاری شود، چه کنیم؟" گفتم: "نگران نباشید تا زمانی که ایر تلاشِ شما را برای برپا کردنِ دیوار می‌بیند، نفرینی جاری نخواهد کرد." پیِ۴۶۳ پرسید: "این یعنی هر روز، تا شب باید دیوار بسازیم؟ این‌که عذاب‌آور است." گفتم: "نه از فردا صبح، بعد از خروج از غار، به ایر احترام بگذارید و سپس از پشت غارِ خود روی مرزِ تعیین شده، به سمتِ راست شروع به ساختنِ دیوار کنید تا نیمه‌ی روز، سپس همگی جلوی غار جمع شوید و مسابقه را برگزار کنید، بعد هم جشن و سپس قصّه‌گویی، شب هم چون گذشته، هر کدام که نوبت به او رسیده، چون هرشب با افتخار بسوزد و نور خود را به دیگران ببخشد تا آن‌ها زنده بمانند؛ سپس چون هر روز شروع به قصّه‌گویی کردم.

فرهاد:

- یعنی دیوار را فقط پیها ساختند؟

برگ سیشما:

- نه، همان شب تمامی سخن‌ها را برای همسرم گفتم و او هم عینِ همان‌ها را در موردِ پی‌ها و زی‌ها گفت و زی‌ها را وادار کرد تا از هراسِ نفرینی که قرار است برای پی‌ها جاری شود، دست به کارِ ساختنِ دیوار شوند به این ترتیب پی‌ها از یک سو و زی‌ها از سوی دیگر؛ مشغولِ ساختنِ دیوار شدند.

پیروز:

- پس از پایانِ دیوار کسی نپرسید پس نفرین پس شد چه شد؟

برگ سیشما:

- پیش از آن که پرسشی بیان شود؛ یک روز، کمی بعد از شروعِ کارِ روزانه که بعد از اتمامِ دیوار شروع شده بود؛ فریاد برآوردم: همگی جمع شوید و نزدِ من بیایید. پس از آن که همگی آمدند؛ شادان گفتم: "امروز روزِ بخشش است؛ فرمان رسیده است تمامیِ امروز را دست از کار بکشید ؛ تا پایانِ شب، به جشنِ بخشش خوش باشید و رقصان؛ ایرِ مهربان؛ زی‌ها را در حالِ تلاش برای ساختنِ دیوار دید؛ پس از آن که اطمینان یافت، زی‌ها دیوار می‌سازند تا شما را از شراره‌هایِ نفرینِ خود حفظ کنند؛ خطای بزرگشان را به لطفِ این کردارِ نیک، بخشید؛ اکنون همگی به جشن بپردازید و مهربانی ایر را ترانه خوان باشید." همسرم نیز فردا؛ همین‌ها را در موردِ پی‌ها گفت و جشنِ بخشش بر پا کرد.

مبینا:

- روباهِ بیچاره فقط یک قالبِ پنیر از کلاغ گرفت، آبرو برایش نگذاشتند، برگِ سیشما، در اوّلین فرصت باید یک کلاسِ آموزشی برای روباه‌ها بگذارد.

فریبا رو به برگ سیشما کرد و پرسید:

- از کجا فهمیدی که نباید برگ تو را بخورند؟

برگ سیشما:

- پی۳۶۵ از همان ابتدا، دردسرساز بود.

آرش:

- مگر چه کرد؟

برگ سیشما:

- بارها دیده بودم که طعمِ برگهای تازه‌ی ساویچ را امتحان می‌کند، می‌دانستم که روزی طعمِ برگِ من را هم امتحان خواهد کرد، اهمیّتِ چندانی ندادم، راستش می‌خواستم بفهمم پس از خوردنِ برگِ من چه می‌شود.

مبینا:

- خوب چه موقع خورد؟

برگ سیشما:

- در سوّمین سالِ حضورشان در سوچ بود که غروبِ یک روز، زودتر از همیشه گفتم: "اکنون بروید و ساکت باشید، که خسته‌ام و نیاز به استراحت دارم،" لحظاتی بعد متوجّه شدم که پی‌۳۶۵ نشست و خودش را سرگرمِ چیزی کرد تا از دیگران عقب بماند؛ فهمیدم که نقشه‌ای در سر دارد؛ خودم را به خواب زدم؛ گرمای دستش را بر یکی‌از برگهایم حس کردم؛ می‌توانستم جلوی او را بگیرم ولی ترجیح دادم برگ را بچیند و بخورد؛ لحظاتی بعد چشم‌های خود را گشودم؛ عضلات پی‌۳۶۵ در حالِ بزرگ شدن بود؛ ابتدا خیلی ترسیده بود، ولی بعد از مدّتی سنگی را که تا پیش از این توانِ بلند کردنش را نداشت، بلند کرد و به سمتی پرتاب کرد؛ دو دستش را مشت کرد، نگاهی به بازوهای خود کرد؛ پس‌از لحظاتی خنده‌ای بلند کرد، ناگهان متوجّه شد که در سایه‌ی غروبِ اير است، ابتدا چند قدمِ کوتاه به سمتِ روشنایی رفت؛ ولی ایستاد و با حیرت خودش را برانداز کرد؛ نفسِ عمیقی کشید؛ سایه هیچ اثری بر او نگذاشته بود؛ دریافت که دیگر محتاجِ نور نیست.

فرهاد سخنِ برگ سیشما را قطع کرد و گفت:

- تا سرد نشده بخورید؛ سپس تمام سیخ های جوجه کباب را درون سفره گذاشت؛ نشست و گفت: خوب بعد چه شد؟

برگ سیشما:

- دقایقی بعد پی۳۶۵ به شکمش نگاهی کرد و دستی بر آن گذاشت و قدری بر آن فشرد، احساسِ گرسنگی را برای اوّلین بار تجربه کرد، نگاهی به من کرد و به سمتم آمد، ترسیدم که شروع کند به خوردن برگ هایم، آماده‌ی دفاع از خودم شده بودم که ناگهان دست بر دهان و بینی خود گذاشت؛ چند صدای عجیب از دهانش خارج شد؛ به سمتِ عقب بازگشت.

مبینا:

- چه صدایی؟

برگ سیشما:

- نمی‌دانم؛ هر وقت که به نزدیک من می‌آمد، این چنین می‌شد و بلافاصله باز می‌گشت.

پیروز که مشغول خوردن بود گفت:

- به احتمالِ زیاد با اِستِشمامِ بوی سیشما و یا برگهایش دچارِ حالتِ قِی کردن می‌شده است.

مبینا که می‌خواست لقمه‌ای در دهانش بگذارد، لحظه‌ی کوتاهی صبر کرد و پرسید:

- قِی کردن؟

آرش:

- حالتی است که نشانه‌ی مسمومیّت یا زنانِ باردار است.

فرهاد:

- خوب بگو استفراغ.

فریبا:

- فرهاد! غذا می‌خوریم.

فرهاد:

- بگذریم، نگاهی به برگ کرد و پرسید: بعد چه شد؟

برگ سیشما:

- به سمتِ درختچه‌های ساویچ رفت و برگ آن‌ها را امتحان کرد؛ به مَذاقَش خوش آمد؛ با وَلَعِ بسیار شروع به خوردنِ برگهای تازه‌ی ساویچ کرد؛ چندی بعد همراه با تاریک شدنِ این سوی سیّاره‌ی سوچ برای نخستین بار چشمانش بسته شد و زیرِ درختچه‌ای به خواب فرو رفت، بارانِ ریز چون هر شب به نرمی بر خاک می‌نشست؛ کمی بعد من هم خوابیدم، هنوز هوا روشن نشده بود که با صدای غریبی بیدار شدم، سپس صدای خنده‌ی کوتاه پی‌۳۶۵ به گوشم رسید، او را دیدم که پشتِ درختچه‌ای روی دو پایش نشسته بود و از بدنش چیزی خارج می‌شد، بازهم همان صدای نخستین را شنیدم و بعد خنده‌ی کوتاهِ پی‌۳۶۵.

فرهاد:

- من که درست نفهمیدم؛ چه می‌کرده است؟

پیروز:

- به احتمال زیاد در حالِ مدفوع کردن بوده است و آن صدا، صدای بادِ معده‌اش بوده است.

فریبا:

- غذا زهرِ مارمان شد.

فرهاد می‌خندد و می‌گوید:

- برای اوّلین بار دستشویی می‌کرده و برایش جذّاب و خنده‌آور بوده است.

آرش رو به برگ کرد و پرسید:

- بعد از آن چه شد؟

برگ سیشما:

- پی‌۳۶۵ بلند شد، قدمی برداشت، نگاهی به آنچه از بدنش خارج شده بود کرد و خندید؛ سپس جامه‌ی خود را تکاند و به سمتِ درختچه‌ای دیگر رفت

و مشغول خوردنِ برگِ تازهی ساویچ شد. ساعتی بعد؛ پیها از غار خارج شدند و پس از احترام به ایر؛ جشن برپا کردند.

مبینا:

- مگر بعد از مسابقه جشن نمیگرفتند؟

برگ سیشما:

- پس از رفتن زیها جشن چون قبل برایم دلنشین نبود، هنوز هم آرزوی همان روزهای نخستین را دارم؛ به هرحال مسابقه هم تغییر کرده بود و تنها بعضی از پیها، میدویدند تا فقط، پادشاه قصّهگوییِ من باشند وگرنه سوختنِ آنها از پیش مشخّص بود و به ترتیب میسوختند؛ بگذریم؛ پس از جشن شروع کردند به انجام دادن وظیفهی هر روز خود؛ مشغولِ چیدنِ شاخههای اضافيِ ساویچ، زیر پا گذاشتنِ شاخههای خشک و ریختن پای درختچهها شدند؛ ناگهان پیِ۷۱۲ گفت: این دیگر چیست؟ چه بوی بدی میدهد. به زودی همگی پیرامون او جمع شده بودند و با حیرت؛ محصولِ تازهی پیِ۳۶۵ را بررسی میکردند؛ پیِ۳۰۰ قدری خاک بر روی آن ریخت و گفت: "اکنون به کارِ روزانهی خود مشغول شوید؛ هنگامِ قصّهگویی از سیشما خواهیم پرسید،" لحظاتی بعد پیِ۵۱۶؛ پس از دیدنِ پیِ۳۶۵ از او پرسید: "دیشب کجای غار بودی که تو را ندیدم؟" پیِ۳۶۵ خندید و گفت: "آنجا نبودم، سپس شروع به خوردنِ برگهای تازهی ساویچ کرد." پیِ۵۱۶: "چه میکنی؟" پیِ۳۶۵: "به تو ربطی ندارد." پیِ۵۱۶ به سمت او رفت تا مانع شود؛ پیِ۳۶۵ او را هل داد؛ پیِ۵۱۶ به عقب پرتاب شد و بر خاک افتاد به زودی همگی پیرامون پیِ۳۶۵ جمع شدند و دریافتند که او تغییر کرده است، چند تَن که خود را قدرتمندتر از دیگران میدانستند، سعی کردند مانع پیِ۳۶۵ شوند ولی بیفایده بود، با اشارهی کوچکی از سمتِ پیِ۳۶۵ به عقب پرتاب میشدند؛ بر خاک میافتادند و پیِ۳۶۵ خندهای بلند میکرد. پیِ۳۰۰ گفت: "از سیشما میپرسیم و او میداند." سپس همگی به سمتِ من حرکت کردند، تا رسیدنِ آنها به پاسخ اندیشیدم. به محضِ آنکه همگی در مقابلم بودند؛ گفتم:

"می‌دانم چه می‌خواهید بپرسید؛ پی‌۳۶۵ به یک بیماریِ لاعلاج مبتلا شده است؛ آن چیزی را که پی‌۳۰۰ بر آن خاک پاشید؛ از بدنِ پی‌۳۶۵ خارج شده است." پی‌۳۰۰ پرسید: "بیماریِ لاعلاج دیگر چیست؟" گفتم: "چیزی که در نهایت به نابودیِ او ختم خواهد شد" پی‌۳۰۰: "چرا به آن مبتلا شده است؟" گفتم: "خطایی نابخشودنی مُرتَکِب شده است، نه از او چیزی بپرسید و نه چیزی بخواهید." پی‌۳۰۰: "یعنی رهایش کنیم تا نابود شود؟ این که خوب نیست؛ او دوست و برادرِ ما است." گفتم: "تنها کاری که از شما بر می‌آید این است که هرروز پس‌از مراسمِ احترام به ایر، دست به سویش دراز کنید و از ایر بخششِ او را بخواهید، ایر اگر صلاح دانست او را می‌بخشد، اکنون بروید، از او دوری کنید و به کارهای روزانه‌ی خود مشغول شوید."

فرهاد خندید و گفت:

- این سیشما عجب اعجوبه‌ای بوده؛ هر وقت مثلِ خر در گِل می‌مانده، همه چیز را به گردنِ ایرِ بیچاره می‌انداخته و پی‌های ساده را به دعا کردن وا می‌داشته تا سرگرم شوند.

آرش:

- همین است که می‌گویم سیّاسِ چیره‌دستی است.

مبینا:

- سیّاسِ چیره‌دست یعنی چه؟

فریبا:

- سیاستمدارِ ماهر.

پیروز رو به برگ کرد و پرسید:

- علاجش را چگونه فهمیدی؟

برگ سیشما:

- پس‌از چند روز، پی‌۳۶۵ را دیدم که سنگهای سنگینی را بلند می‌کرد؛ به سمتِ دیوار پرتاب می‌کرد و می‌خندید؛ نمی‌فهمیدم چه اندیشه‌ای در سر داشت ولی گمان کنم می‌خواست دیوار را خراب کند و به سمتِ زی‌ها برود.

مبینا:

- دیوار را خراب کرد و به سمتِ زی‌ها رفت؟

برگِ سیشما:

- نه؛ در تمامی سیّاره‌ی سوچ یک سنگ بود که با دیگر سنگها فرق داشت؛ ظاهرش صیقلین بود با دو حفره‌ی نسبتاً بزرگ که درونش آبِ باران‌های ریزِ شبانه جمع می‌شد، پی‌۳۶۵ به سمتش رفت؛ نگاهی به من انداخت؛ سپس نگاهی به سنگ انداخت و خنده‌ای بلند کرد؛ سپس سنگ را برداشت و به طرف من آمد، از نگرانی توانِ دیدن نداشتم؛ به احتمالِ زیاد می‌خواست سنگ را به طرفِ من پرتاب کند؛ می‌خواستم فریاد بزنم و پی‌ها را به کمک بخوانم که ناگهان ایستاد؛ کمی آبِ درونِ سنگ را نوشید؛ چیزی نگذشت که به همراهِ سنگ بر خاک افتاد و چشمانش بسته شد. پس‌از چندی چشمان پی‌۳۶۵ باز شد از خاک برخاست و نگاهی به اطراف انداخت، نگاهی به سنگ انداخت و گفت: این سنگ، اینجا در میانه‌ی راه چه می‌کند؟ سپس خم شد و سعی کرد سنگ را جابه‌جا کند؛ کمی آن را جابه‌جا کرد؛ بلند شد و فریاد زد: "دوست خوبم پی‌۳۰۰ کجا هستی؟ بیا؛ کمک می‌خواهم." پی‌۳۰۰ که صدای او را شنیده بود؛ نزدیک شد و با تردید پرسید: "چه می‌خواهی؟" پی‌۳۶۵: "آمدی؟ کمک کن تا این سنگ را از میانه‌ی راه برداریم." پی‌۳۰۰ با حیرت به پی‌۳۶۵ نگاه کرد؛ سپس نگاهش به سمت من چرخید؛ به او گفتم: "نگران نباش، ایر بخشنده و مهربان است." همین‌طور که پی‌۳۰۰ به آرامی نزدیک می‌رفت؛ دلم خواست سنگ را از نزدیک ببینم؛ گفتم: "کمک کنید و سنگ را نزدِ من بیاورید." همین‌طور که دو طرفِ سنگ را گرفته بودند و به سمت من می‌آمدند؛ احساس می‌کردم که تمامِ توانم در حالِ خارج شدن است. بریده بریده گفتم: "ب ا ز   گ ر د ی د؛" کمی که عقب رفتند

گفتم: "آن را بر زمین بگذارید تا تکلیف را از اِیر بپرسم؛" چشم‌های خود را بستم و به فکر فرو رفتم؛ اگر پیروز یا دیگری بفهمد که این سنگ، توانِ من را از بین می‌برد چه کنم؟ فکری به خاطرم رسید، چشمانم را گشودم و گفتم: "اِیر فرمان داده است، هم‌اکنون؛ او-را-نیم کنید". امیدوار بودم پس از نصف شدنِ سنگ قدرتش از میان برود.

سپس ادامه داد:

- چندی طول کشید تا سنگ را از میان شکستند، پس از شکسته شدن سنگ گفتم: "پی۳۰۰ یکی از آن‌ها را بردار و به سمتِ من بیا؛" پی۳۰۰ چنین کرد با نزدیک شدن او فهمیدم؛ قدرتِ سنگ کم شده است ولی از میان نرفته است؛ گفتم: "کاف ی اس ت با زگر د؛" پس از بازگشت او گفتم: "سنگ را بر زمین بگذار و منتظر بمان؛" سپس چشم‌هایم را بستم و به فکر فرو رفتم. کمتر از ساعتی گذشت؛ چشم‌های خود را گشودم و گفتم: "پی۳۰۰ نزدیک بیا؛" پی۳۰۰ آمد و هر آن‌چه گفتم کرد؛ سپس گفتم "برخیز" پی۳۰۰ برخاست و پرسید: "چرا چنین می‌کنی؟" گفتم: "اکنون تو هر کجا که باشی با چشمان تو می‌بینم و با گوش‌های تو می‌شنوم و با تو سخن خواهم گفت." پی۳۰۰ پرسید: "برای چه؟" گفتم: "از جانبِ محبوبِ دل‌هایمان؛ اِیر، برای انجامِ مأموریَّتی برگزیده شده‌ای که باعثِ افتخارِ همگی خواهد شد." پرسید: "چه مأموریَّتی؟" دو دانه‌ی قرمز و سبز به او دادم و گفتم: دانه‌ی قرمز را در جامه‌ات پنهان کن تا به وقتش به تو بگویم؛ هم‌اکنون نزد پی۳۶۵ برو و دانه‌ی سبز را به او بده، دستارِ سرت را باز کن و بر خاک بگذار؛ تکّه‌ای از سنگِ او-را-نیم را بردار و درونِ دستار بگذار؛ با کمک پی۳۶۵؛ دستار را به گونه‌ای به خودت ببند که سنگ نیفتد؛ پی۳۰۰ چنین کرد.

مبینا:

- سنگِ او-را-نیم؟

پی۳۰۰:

- همان سنگِ صیقلین که دو حفره داشت و گفته بودم، او-را-نیم کنید، نیاز به نامی داشت؛ این نام را بر آن گذاشتم.

مبینا:

- خوب بعد؟

به پی۳۰۰ گفتم:

- اکنون به پشت بر خاک دراز بکش. پی۳۰۰ پرسید: "این کارها برای چیست؟" گفتم: "به زودی خواهی فهمید." به پی۳۶۵ گفتم: "دانه‌ی سبز را در دهانش بگذار و او چنین کرد." به پی۳۰۰ گفتم: "دانه را بجود و بخورد." لحظاتی بعد پی۳۰۰ چشمانش بسته شد؛ به نوری سبز تبدیل شد و ناپدید شد. پی۳۶۵ ترسیده بود؛ به او گفتم: "نگران نباش به زودی پی۳۰۰ باز خواهد گشت، من با او همراه هستم؛ تا آن زمان که بازگردد، با هیچ کس از این ماجرا چیزی نگو." وقتی که پی۳۰۰ چشمانش را گشود خودش را روی مخروبه‌ای دید؛ به او گفتم: "برخیز و دستار را از خودت باز کن و به هر شکل راحت‌تری درآور که لازم است سنگ را تا جایی ببری." پی۳۰۰ پرسید: "من کجا هستم؟ این‌جا چه قدر ترسناک است." گفتم: "از هیچ چیز نترس؛ ایر نگاهبان تو است و من همراهت هستم؛ اکنون برخیز و به سمتِ راست حرکت کن." ساعتی به همراه پی۳۰۰ از میانِ درخت‌ها و درختچه‌های رنگارنگ گذشتیم تا گودال کوچکی در خاک دیدم که اندازه‌ی سنگ بود؛ به پی۳۰۰ گفتم: "سنگ را از دستار بیرون بیاور و درونِ گودال بگذار و با خاک روی آن را بپوشان." پی۳۰۰ چنین کرد، سپس برخاست و دستار را تکانید و به دور سرش پیچید، به او گفتم: "کار ما تمام شد اکنون دانه‌ی قرمز را بیرون بیاور و بخور، تا با هم به سوچ بازگردیم، نیمی از مأموریَت به پایان رسید، ایر فرمان داده است تا دوباره به این‌جا بازگردیم و مأموریَت را کامل کنیم." پی۳۰۰ با ناراحتی گفت: "دانه‌ی قرمز در جامه‌ام نیست." گفتم: "یعنی چه؟" گفت: "همین جا گذاشته بودم ولی نیست، حال چه کنیم؟"

گفتم: "نگران نباش." لختی سکوت کردم و گفتم: "به کتابخانه‌ی مخفی برو." گفت: "کتابخانه‌ی مخفی دیگر چیست؟" بی‌فایده بود، گفتم: "فراموشش کن، از همان مسیری که آمده‌ای باز گرد و بر خاک نگاه کن، هرچند مراقب بودم، می‌دانم که در راه نیفتاده است؛ ولی باز هم خاک را در مسیرِ بازگشت به دنبالِ دانه‌ی قرمز جستجو کن؛" سرگرمِ بازگشت و جستجو بودیم که صدایی گفت: "جوان درود بر تو، در میانِ درختان و بوته‌ها به دنبال چه می‌گردی؟" پی۳۰۰ بی اختیار پاسخ داد: "درود بر تو، به دنبالِ دانه‌ی قرمز می‌گردم تا بخورم و با هم به سوچ بازگردیم." صدا گفت: "چه می‌گویی؟" پی۳۰۰ سرش را بلند کرد و کسی شبیه به خودش با موهایی سپید دید که طنابی در دست دارد و چیزی را پشتِ سرش می‌کشد، کمی ترسید و پرسید: "تو کیستی؟ این چیست که به دنبال خود می‌کشی؟" او خندید و گفت: "یعنی می‌خواهی چنین وانمود کنی که تاکنون خَر ندیده‌ای؟ جوانی بَزله گو به نظر می‌رسی؛ پیرمردی از اهالیِ کوشک هستم و اکنون از باغ به سمتِ کوشک باز می‌گردم، تو کیستی؟" پی۳۰۰ به آن‌چه پشتِ سَرِ پیرمرد بود خیره شده بود و جوابی نداد. پیرمرد: "این زبان بسته هم چونان من پیر است و توانِ بردنِ خورجینی که بر رویش گذاشته‌ام را ندارد، درونِ خورجین هم مقداری میوه است که به کوشک می‌برم تا بفروشم." پی۳۰۰: "نامِ این؛ زبان بسته است؟" پیرمرد: "خر است و چون حرف نمی‌زند می‌گوییم زبان بسته،" لحظه‌ای سکوت کرد و ادامه داد: "حالت خوب است؟ گرسنه‌ای؟" پی۳۰۰: "گرسنه دیگر کیست؟" پیرمرد نگاهی با حیرت به پی۳۰۰ کرد و گفت: "مثل این‌که آفتاب به سرت خورده است و عقلت ضایع گشته؛" سپس دست در خورجین کرد؛ چیزی درآورد و گفت: "بگیر این سیب را بخور تا از گرسنگی نمیری؛" سپس سیب را به زور در دستانِ پی۳۰۰ گذاشت؛ خر را کشید؛ به حرکت درآمدند و دور شدند.

برگ سی‌شما ادامه داد:

- پی۳۰۰ نگاهی به رفتنِ پیرمرد و خرش کرد؛ بعد به سیب نگاه کرد و بی اختیار آن را به سمتِ دهانش برد گفت: "صبر کن؛ ابتدا دانه‌ی قرمز را پیدا

کن تا به سوچ بازگردیم، سپس سیب را امتحان کن." مسیر را تا جایی که فرود آمده بود، بازگشتیم و جستجو کردیم، دانه‌ی قرمز درست همان جا افتاده بود، دانه را از زمین برداشت. صدایی آمد: "آهای جوان بر خرابه‌ی بابِ هرمز از شهر گور چه می‌کنی؟" گفتم: "پی۳۰۰ زود دانه را بخور تا گرفتار نشده‌ایم." پی۳۰۰ شروع به خوردنِ دانه کرد. پی۳۰۰ وقتی چشم باز کرد در سوچ بود، برخاست؛ نگاهی به سیبی که در دست داشت کرد و شروع به خوردن کرد تا جایی که هیچ اثری از سیب باقی نماند. پی۳۰۰ دستی بر سرش گذاشت و سپس اطراف را نگریست و فریاد زد: "آرش! زیبا! مهوش! کجا هستید؟" لختی بعد فریاد زد: "بی‌باکانِ جور! کجا هستید؟" با دیدنِ من به سمتم آمد، فرصتی کوتاه برای اندیشیدن داشتم، دانه‌ای سیاه بر خاک انداختم، به محضِ رسیدن پرسید: دیگران کجا هستند؟" گفتم: "نگاه کن دانه از دستت افتاده و از دیگران جا مانده‌ای؛ تا فرصت باقی است عجله کن و بخور؛ وگرنه برای همیشه؛ این‌جا؛ تنها خواهی ماند." پیروز سریع دانه را برداشت، پوستش را جدا کرد و خورد؛ نفسِ راحتی کشیدم. لحظاتی بعد پی۳۰۰ گفت: "مأموریَّت به خوبی به پایان رسید، اکنون با اجازه‌ی شما تا هوا کامل تاریک نشده است به غار بروم." گفتم: "ایر نگاهبان تو باشد، به سرعت به سمتِ غار برو که دیگران نگرانت هستند."

پیروز:

- پس دوباره فریبم دادی و دچار فراموشی شدم؟

برگ سیشما:

- چاره‌ای جز این نداشتم.

مبینا:

- پی۳۰۰ به دنبال اورانیوم بود، یعنی منظورش همان؛ او-را-نیم، بود؟

برگ سیشما:

- بله، وقتی پی۳۰۰ پشت سرِ کسی که شبیه به پی۳۰۱ بود رفت، هنگامی که مشغولِ عوض کردن لباس‌های خود بود، او از پی۳۰۰ پرسید: "نگفتی قصّه‌ی

فیلمبرداری درباره‌ی چیست؟" پی۳۰۰ با کمک من پاسخ داد: "قصّه‌ی کسی است که از سال‌ها پیش آمده و اکنون به دنبال سنگِ او-را-نیم، است که سال‌ها پیش در گودالی پنهان کرده است." او پرسید: "منظورت سنگِ اورانیوم است؟" پی۳۰۰ پاسخ داد: "آری "نمی‌دانم چرا ولی از این اسم بیشتر خوشم آمد و به پی۳۰۰ گفتم از این به بعد بگو اورانیوم.

مبینا:

- گفتی یک تکّه از آن سنگ؛ چه شکلی بود؟

برگ سیشما:

- سنگی صیقلین و تا حدودی سیاه رنگ، با حفره‌ای نسبتاً بزرگ بر آن که یک سمتِ آن جای شکستگی و نصف شدنش مشخّص بود.

مبینا می‌خندد و می‌گوید:

- مشخصّاتِ سنگی است که بر اساسِ آن‌چه شنیده‌ام مادربزرگِ پدرم یا همان بی‌بی به عنوان هاوَن استفاده می‌کرده و اکنون به خاطر زیبایی ظاهری‌اش در زیر پلّه‌ی خانه باقی‌مانده است.

فریبا:

- خودش است، همان که مأموران برای بررسی با خود بردند، خدا را شکر که اورانیوم نیست.

فرهاد نگاهی به برگ کرد و پرسید:

- پی۳۰۰ چطور قرار بود عصاره‌ی آن را بگیرد؟

برگ سیشما:

- کافی بود مقداری آب درون حفره‌ی سنگ بریزد و پس‌از ساعتی آن را با خود بیاورد تا به پی۳۶۵ و پی۷۳۰ بدهیم تا به حالت قبل بازگردند؛ اکنون هم می‌توانیم به دنبالِ تکّه‌ی دیگرِ سنگ که پی۳۰۰، فردای آن روز آورد و در گوشه‌ای دیگر پنهان کرد برویم؛ سپس با مقداری آب به سمت سوچ باز می‌گردیم و همه چیز چون قبل می‌شود.

پیروز:

- و من دوباره پی۳۰۰ می‌شوم؛ آرش هم پی۳۲۰ و مأموریَّت به خیر و خوشی تمام می‌شود.

آرش:

- بی‌شرمانه تر از این کلام نشنیده‌ام؛ به راستی که این برگ گستاخی را از حَد گذرانده است.

فرهاد رو به برگ کرد و پرسید:

- تکّه‌ی دیگرِ سنگ را کجا پنهان کرده‌ای؟

برگ سیشما:

- جایی نزدیک آن توده‌ی برافراشته از سنگ که در میانه‌ی خرابه‌های گور بود.

فریبا:

- مُناره‌ی شهرِ گور را می‌گوید.

فرهاد می‌خندد و می‌گوید:

- همین را کم داریم که با کندن آن‌جا به جُرمِ یابندگانِ گنج تا ابد در زندان بمانیم.

پیروز رو به برگ سیشما کرد و پرسید:

- دیگر چه چیزی را نگفته‌ای؟

برگ سیشما:

- فکر کنم همه چیز را گفته باشم.

مبینا:

- تو که همیشه در همان سوچ بر پیشانی آن‌ها می‌نشستی؛ چه طور شد خودت را از شاخهات جدا کردی و همراه پی۳۰۰ شدی؟

برگ سیشما:

- از سوچ، زمین را تار می‌دیدم؛ هوس کردم همراهِ پی‌۳۰۰ شوم تا به خوبی از نزدیک ببینم.

فرهاد:

- پس چرا پنهان شدی؟

برگ سیشما:

- نمی‌دانم چرا به محضِ دیدنِ حجم‌های بزرگی که در گستره‌ای نسبتاً بزرگ دیدم و بعد فهمیدم فیروزآباد است؛ به یکباره ترسیدم؛ بعد هم با دیدنِ آن گاوآهن و اَرّابه، فهمیدم که تا چه اندازه نادانم؛ تصمیم گرفتم پنهان شوم تا نادانیِ من؛ انگشت نمایِ پی‌۳۰۰ یا دیگر انسان‌ها نشود؛ هنوز هم نمی‌دانم آن گاوآهن و اَرّابه چه بود؟

مبینا:

- تراکتور.

پیروز رو به برگ سیشما کرد و دوباره پرسید:

- دیگر چه چیزی را نگفته‌ای؟

برگ سیشما:

- وقایع دیگر ارزشی برای گفتن ندارد، هر آن‌چه لازم بود گفتم، حال برخیزید تا با کمکِ هم مأموریَّتِ پی‌۳۰۰ را کامل کنیم.

فرهاد با عصبانیت برخاست برگ را برداشت و بر روی زغال‌های منقل انداخت.

برگ سیشما شروع به نالیدن کرد:

- وای سوختم وای، فرهادِ دیوانه، و.....ا.....ی س.....و.....خ.........ت.........م؛ سپس برگِ سیشما خاکستر شد و خاموش شد.

پیروز که برخاسته بود تا برگ را بردارد؛ وقتی که دید بی‌فایده است؛ تنها با دلسوزی و حسرت، سوختنِ برگ را نگریست، سپس پرسید:

- فرهاد این چه کاری بود؟

فرهاد:

- منتظر بودم حرفهایش تمام شود؛ تا این برگِ فریبکار را به سزای کارهایش برسانم.

آرش:

- کار پسندیده‌ای بود؛ اندکی از دردهایم کاسته شد.

فرهاد:

- اگر با شما به سوچ بیایم، درخت را هم خواهم سوزاند تا ریشه‌ی دروغ و فریب از میان برداشته شود.

پیروز:

- ولی قرار نیست کسی با ما همراه شود؛ یک دانه نزدِ مبینا است که مُتعَلّق به من است و دانه‌ی دیگر هم که پیشِ آرش است و مُتعَلّق به او است.

فرهاد:

- برای تو که آسان است به کتابخانه‌ی مخفی برو؛ معجون بساز و بیاور.

پیروز خنده‌ای کرد و گفت:

- آن هم پس از چیزی حدود ۸۰۰ سال؟ موریانه‌ها هم بیکار بوده باشند باز هم به این سادگی پیدا نخواهد شد، ماه‌ها زمان لازم است و اکنون یارانِ ما چشم انتظارِ رهاییِ خویش از بندِ سوچ، باید هرچه زودتر بازگردیم، دخترم دانه‌ی قرمز را می‌دهی؟

مبینا:

- ولی شما لازم است به خانه‌ی ما بیایید و از آن‌جا، آن هم درست جلوی چشمانِ مأمورِ پرونده بروید؛ وگرنه ما سه نفر به جُرمِ فراری دادنِ شما تا پایان عمر دربند خواهیم شد.

آرش:

- پس برخیزید تا زودتر برویم.

فریبا به ساعتش نگاهی کرد و گفت:

- ساعت از یکِ بامداد گذشته است، امشب را همین جا بخوابیم، صبحِ زود می‌رویم.

پیروز:

- من و آرش دیگر لحظه‌ای قرارِ ماندن نداریم؛ به اندازه‌ی ۸۰۰ سال زیبا و مهوش را دل‌تنگیم، بی‌باکانِ جور چشم انتظارِ رهایی‌اند.

فریبا برخاست و گفت:

- زودتر برویم.

پیروز در حالِ رفتن گفت:

- وای بر من؛ چرا فرهاد عجله کردی و برگ را سوزاندی؟ از تمامیِ زوج ها سخن گفت ولی درباره‌ی شازده کوچولو یا همان شاپور چیزی نگفت.

مبینا در حالِ رفتن گفت:

- افسوس خوردن بی فایده است، یقین دارم پرسش‌های دیگری هم به سراغتان خواهد آمد؛ آن‌ها را در سوچ از درخت بپرسید.

❋❋❋❋

چندی بعد همگی در ماشین نشسته بودند و به سمتِ شهر در حرکت بودند.

مبینا:

- عمو پیروز از جانشینِ اردشیر تا هولاکو خانِ مغول؛ چیزی نزدیک به هزار سال را برایمان نگفتی؛ هزاران پُرسشِ بی‌جواب دارم؛ باز می‌گردی؟

پیروز:

- دخترم به زودی به همراهِ زیبا، بازخواهم گشت، هنوز راهِ فهمیدنِ پرسش‌های بیشماری که داشتم و وعده دادی؛ را نشانم نداده‌ای.

چندی بعد همگی در خانه بودند، مأمورِ پرونده از فرهاد پرسید:

- چرا لباس و ماشینِ خود را عوض کردید؟

فرهاد:

- شما که نگفته بودید، عوض نکنیم.

مأمور:

- گوشیِ تو؛ خواهر و برادرت چرا خاموش بود؟

فرهاد:

- شارژ نداشت خاموش شد، حالا مگر چه شده است؟ این شما و این دو نفر، اصلاً به ما چه ربطی دارد؛ ببریدشان از خودشان بپرسید، این بساطی را هم که در خانه گذاشته‌اید بردارید و ببرید.

پیروز و آرش شروع به خوردنِ دانه‌های قرمز کردند.

مبینا:

- عمو پیروز؛ منتظرت می‌مانم.

لحظاتی بعد چشمانشان بسته شد و بر زمین افتادند؛ به نوری سرخ تبدیل شدند و ناپدید شدند.

مأمورِ پرونده، حیران؛ در جای خود، میخکوب شده بود و به آن چه دیده بود می‌اندیشید.

مبینا:

- وای؛ عصاره‌ی سیب؛ عجله کردند.....

پایان کتاب اول

بهترین هدیه در دنیا کتاب است

این کتاب را برای دوستان خود هدیه بخرید:

عرضه کتاب های خوب از نویسندگان ایرانی به سراسر دنیا

Kphclub.com